김겨울
유튜브와 책 사이, 글과 음악 사이, 과학과 인문학 사이에
서서 세계의 넓음을 기뻐하는 사람. 『독서의 기쁨』,
『활자 안에서 유영하기』를 썼다. 음반을 몇 장 냈고
유튜브 채널 '겨울서점'을 운영하고 있다.

유튜브로 책 권하는 법

유튜브로 책 권하는 법

보는 사람을 읽는 사람으로 변화시키는 일에 관하여

김겨울 지음

유유

책 좋아하는 어느 유튜버의 고백

정신을 차려 보니 북튜버가 되어 있었습니다. 농담이 아닙니다. 가벼운 마음으로 유튜브 채널을 개설하고 매주 영상을 올리다 보니, 저는 어느새 '북튜버'라는 새로운 직업을 대표하는 사람이 되어 있었습니다. 종종 제가 전국의 유튜버 중 구독자 수 대비 인터뷰 횟수가 가장 많을 거라는 과장 섞인 농담을 하곤 하는데, 이것도 농담이 아닐지도 모릅니다. 구독자 수가 만 명도 채 되지 않았을 때 SBS 「8시 뉴스」에서 인터뷰를 했고 십만 명이 채 되기도 전에 『경향신문』 한 면 전체를 차지했으니까요. 정말이지 부지런히 영상을 올리다 보니 이 년이 넘게 흘러 있었고, 정신을 차려 보니 북튜버가 되어 있었습니다.

어찌 보면 대단할지도 모를 성취를 두고 이렇게 예사

로이 말하는 이유는 두 가지입니다. 첫 번째는 유튜버라는 직업의 진입장벽이 낮다는 점을 알리기 위해서이고, 두 번째는 북튜버라는 직업의 진입장벽이 높다는 점을 알리기 위해서입니다. 무슨 소리냐고요?

'나도 유튜브나 해서 돈 좀 벌어볼까' 하는 사람을 심심찮게 봅니다. 아마 쉬워 보여서 그렇겠지요. 시작은 정말로 쉽습니다. 핸드폰 카메라와 무료 영상 편집 프로그램만 있으면 누구든지 시작할 수 있습니다. 찍고 싶은 소재를 골라 영상을 찍고 간단히 편집해 올리면 됩니다. 짜잔! 유튜브 시작입니다. 참 쉽죠?

물론 진짜 문제는 지금부터입니다. 유튜브는 시작하기는 쉽지만 지속하기는 어렵습니다. 일단 채널을 성장시키려는 마음이 있다면 영상을 꾸준히 올려야 합니다. 같은 주제의 영상이 계속 올라와야 구독자가 유입되기 때문입니다. 다시 말해 매주 자신에게 마감을 선사해야 합니다(여기서 많은 사람이 업로드를 미루거나 포기합니다). 게다가 요사이는 유튜브에 올라오는 영상의 질이 매우 높아져서 편집에도 꽤 신경을 써야 합니다(여기서 조금 더 많은 사람이 업로드를 미루거나 포기합니다). 조금 더 욕심이 있다면 눈길을 끌 만한 기획을 해야 합니다. 다시 말해 '기획 - 촬영 - 편집'이라는, 방송국에서는 꽤 많은 사람이 나눠서 수행하는 업무를 매주 성실하게 혼자 소화해야 한다는 뜻입니다. 대충 한 번 둘러

보고, 뭐 이 정도면 나도 할 수 있겠는걸, 하는 생각으로 시작했다가는 흐지부지 끝나 버릴 가능성이 높습니다. 시작하긴 쉽지만 꾸준히 하기는 어려운 법이죠.

북튜브는 조금 더 까다롭습니다. 뒤에서 자세히 이야기하겠지만 유튜브에서 인기를 끄는 다른 장르, 이를테면 뷰티나 게임, 먹방, 키즈, 영화 등의 분야와는 달리 북튜브에는 '보여 줄 것이 없다'는 결정적인 약점이 있습니다. 책의 모든 장면을 영상화해서 촬영할 수는 없으니까요. 그것은 더 이상 '북'튜브도 아닐뿐더러 매주 그런 영화 같은 영상을 제작할 수도 없을 것입니다. 그렇다고 책의 표지만 보여 주기에는 뭔가 심심합니다. 책을 펼쳐서 그냥 보여 주는 건 저작권 문제도 있을뿐더러 재미있어 보이지도 않습니다. '화면을 무엇으로 채울 것인가' 혹은 '부족한 화면을 무엇으로 보충할 것인가'가 다른 유튜브 채널과 구별되는 북튜브의 추가적인 문제입니다.

게다가 북튜브 영상에서는 북튜버가 책을 얼마나 잘 소화하고 있는지가 대개 드러납니다. 영상의 내용, 구성, 유튜버의 말투와 비언어적 요소가 그런 판단의 근거가 되죠. 한마디로 북튜브를 하려면 책도 잘 이해해야 하고 유튜브도 잘 이해해야 합니다. 이런 점이 북튜브의 진입장벽을 높입니다.

결국 저는 유튜브를 쉽게 시작해 어렵게 지속하고 있

습니다. 정신을 차려 보니 북튜버가 되어 있었지만 지금은 매주 전쟁처럼 업로드를 치릅니다. 별생각 없이 유튜브를 시작했지만 이 년이 넘게 흐른 지금은 수많은 생각을 하며 채널을 운영합니다. 책도 유튜브도 즐기는 사람으로서 이왕이면 재미있는 유튜브 채널을 만들고 싶거든요. 아직까지는 꽤 괜찮은 성과를 거둔 채널 운영자로서 제가 어떤 생각과 마음으로 채널을 운영하고 있는지, 북튜브는 앞으로 가능성이 있는 분야인지, 나아가 책과 영상 사이에서 어떻게 갈피를 잡으면 좋을지, 지금부터 자세히 이야기할 생각입니다.

누군가에게는 유튜브 성공의 비법서로, 누군가에게는 프리랜서의 눈물의 일기로 보일지도 모르겠습니다. 유튜버를 꿈꿨던 사람이 이 책을 읽고 되레 생각을 접을지도 모르겠습니다. 혹은 책을 만들고 파는 사람들에게 새로운 영감을 주게 될지도 모르죠. 그 어떤 결과로 이어지든 조금이나마 독자 여러분께 도움이 되는 책이기를 바랍니다. 아무리 보잘것없는 경험이라도 거기서 무언가는 배울 수 있는 법이니 제 미약한 경험도 그럴 것입니다. 책에 관한 유튜브 채널을 하듯 유튜브에 관한 책을 쓰고야 마는 독자가, 마음을 담아 씁니다.

2019년 여름
김겨울

1

유튜브를 하려면 유튜브를 봐야 합니다

여러분은 유튜브를 즐겨 보시나요?

북튜브를 하고 싶어 하는 사람들을 아주 거칠게 둘로 나누면 책을 더 좋아하는 사람과 유튜브를 더 좋아하는 사람으로 나눌 수 있습니다. 그 비율이 어떨지는 잘 모르겠지만, 책을 더 좋아하면서 유튜브에는 익숙하지 않은 분께 하고 싶은 말이 있습니다(몇 명이나 될지 모르겠네요). 조금 더 추가하자면, 북튜브를 하고자 하는 분 중 평소 북튜브'만' 보는 분께도 하고 싶은 말입니다. 당연한 말이지만 유튜브를 하려면 유튜브를 봐야 합니다. 북튜브는 결국 유튜브이기 때문입니다.

많은 유튜버들이 모였던 어느 교육 자리에서 북튜브를 하고 싶다며 제게 찾아온 분이 있었습니다. 오자마자 답답함을 호소했습니다. 열심히 영상을 올리는데 구독자가 늘지 않는다고요. 저를 포함해 여러 유튜버가 그분에게 질문을 던졌습니다. 채널에 들어가 그분의 영상을 보기도 했습니다. 그런데 이야기를 나누다 보니 조금 이상한 점이 느껴졌습니다. 그때 다른 유튜버가 중요한 질문을 했습니다. "유튜브가 어떤 매체라고 생각하세요?" 그분은 답했습니다. "그냥 제 영상을 올리는 새로운 미디어 플랫폼이요. 포트폴리오 같은?" 제가 물었습니다. "평소에 유튜브를 즐겨 보세요?" 그분이 다시 답했습니다. "아뇨, 전 제 영상만 올려요."

모두가 당황했지만 훈훈한 분위기로 자리가 마무리됐고, 저는 그분께 유튜브는 단순한 포트폴리오용 사이트가 아니니 다른 분들의 영상을 보며 유튜브의 문법을 살펴보라는 말씀을 드렸습니다. 최소한의 컷 편집은 하는 것이 좋고 섬네일thumbnail• 에도 신경을 써야 할 것 같다는 말도 덧붙였습니다. 그분은 만족한 표정으로 돌아갔습니다.

생각보다 많은 사람이 유튜브를 하고 싶어 하면서도 유튜브를 즐겨 보지는 않습니다. 이 현상은 개인과 기업을 가리지 않습니다. 특히 중견 기업에서는 유튜브가 대세라고 하니 유튜브를 시작하려고는 하는데 유튜브를 즐겨 보는 사람이 적어 방향을 잡지 못하곤 합니다.

단순히 유튜브가 대세라고 해서 영상 몇 개만 보고 무턱대고 시작해서는 한계가 있을 수밖에 없습니다. 근

• 유튜브의 영상 목록에 뜨는 영상의 대표 이미지. 많은 유튜버가 눈에 띄는 섬네일을 만들기 위해 노력한다.

몇 년간 인기를 얻은 많은 유튜브 채널은 각각 자기 나름의 문법을 정립하고 있습니다. 편집 문법만이 아닙니다. 구독자와의 관계도 채널마다 조금씩 다릅니다.

그러니 유튜브를 하려면 이런 유튜브의 문법과 함께 유튜브라는 기업이 어떤 지향점을 가졌고 그에 따라 어떤 정책의 변화를 시도하는지도 살펴야 합니다. 어떤 서비스가 새로 추가되는지, 추천 동영상의 알고리즘은 어떻게 변하는지 등을 파악하기 위한 과정입니다. 이외에도 인기가 많은 채널에서는 어떤 방식으로 구독자와 소통하는지, 연령대에 따른 구독자들의 흥미와 반응은 어떻게 다른지, 비슷한 채널들은 어떤 점에서 비슷하고, 다른 채널은 어떤 점에서 다른지, 내가 좋아하는 채널들은 어떤 공통점이 있는지 등을 스스로 질문해 보아야 합니다.

이것은 유튜브를 즐겨 보는 이들에게는 너무나 쉬운 일입니다. 평소에 자주 보는 채널만 관찰해도 유튜버가 어떤 방식으로 영상을 만들고 올리는지 알 수 있고, 댓글 창이나 커뮤니티에서 구독자와 어떻게 소통하는지도 볼 수 있기 때문입니다. 구독하는 유튜브 채널에 멤버십 서비스가 생긴 것을 보았다면 유튜브 본사에서 유튜버 후원 시스템을 만들어서 각 채널의 지속 가능성을 높이고자 한다는 것도 알고 있을 겁니다. 구독자가 많은 인기 유튜브 채널 몇 개를 구독하고 있다면 유명 유튜버가 댓글에 일일이 하트•를 누르는 것을 구독자들이 인상 깊게 생각한다는 사실도 알 수 있습니다. 예기치 못한 일로 사과 영상을 올리는 유튜버에게 무슨 일이 있었는지도 알고 있죠. 평소 유튜브를 즐겨 보는 사람이라면 위 질문들을 한 번씩 생각만 해 보아도 충분합니다.

하지만 유튜브를 즐겨 보지 않는 사람에게 위의 질문은 거의 입사 면접시험에 가까울 것입니다. "유튜브가 이렇게 복잡했단 말이야?" 하고 놀라는 사람도 있을 겁니다. 다행스럽게도 이 모든 질문은 유튜브를 즐겨 보기만 하면 쉽게 답할 수 있는 문제가 됩니다. 한두 개의 영상이 아닌 수십 개의 채널을 구독하며 양상을 지켜보다 보면 각 채널의 역동성과 관계성, 유튜브라는 기업의 지향점 등을 어렴풋하게라도 알아차릴 수 있습니다. 수십 개가 많아 보인다고요? 유튜브의 바다에 한번 뛰어들면 구독 채널 100개를 넘기는 건 일도 아닙니다. 그렇게 많은 채널을 구독해도 매일 챙겨 보는 영상의 개수는 생각보다 많지 않을 겁니다. 매일 영상을 올리는 채널이 잘 없을뿐더러, 어떤 채널이 매일 영상을 올린다고 해도 그게 모두 흥미롭지는 않기 때문입니다.

유튜브에는 수많은 장르만큼이나 수많은 운영 방식

• 채널 운영자는 자신이 올린 영상에 달린 댓글에 하트 표시를 할 수 있다. 유튜버에 따라 호의의 의미로 쓰기도, 확인의 의미로 쓰기도 한다. 유튜버가 하트 표시를 하면 해당 댓글 작성자에게 알림이 간다.

이 있습니다. 어떤 사람은 사전에 철저하게 기획해 촬영한 영상을 깔끔하고 완결성 있게 편집해 매주 정해진 시간에 올립니다. 트위치[••]에서 스트리밍을 하고 편집본을 유튜브에 올리는 사람도 있습니다. 아프리카TV[•••] BJ를 겸하는 사람은 아프리카TV에서 생방송한 영상을 편집해 유튜브에 올리기도 합니다. 유튜브에서 생방송도 진행하고 기획 영상도 올리는 유튜버도 있습니다. 기획부터 업로드까지 모든 것을 혼자 하는 사람도 있고 팀을 조직해 여럿이 함께 운영하는 채널도 있습니다. 기획과 촬영은 혼자 하지만 편집은 편집자에게 맡기는 유튜버도 있습니다. 이 모든 특성이 채널의 분위기를 좌우합니다. 다양한 채널을 보면서 자신의 채널은 어떤 형태가 될지 한 번 생각해 봐도 좋겠습니다.

유튜브의 세계는 아주 넓으니 그 속에는 분명히 자신의 구미를 당기는 채널이 하나쯤은 있을 겁니다. 먹방, 게임, 영화, 동물, 키즈, 뷰티, IT, 교육, 일상, 음악, 토크, 정치, 운동, ASMR 등 수많은 장르의 수많은 채널이 열려 있습니다. 오로지 북튜브가 되는 데만 관심이 있더라도 다른 장르의 영상을 즐겨 보는 것은 큰 도움이 됩니다. 채널의 확장성과 재미는 오히려 그런 채널에서

•• 전 세계 최대의 인터넷 방송 플랫폼. 2014년에 아마존이 인수했다. 흔히 트위치에서 생방송하는 사람을 '스트리머'라고 부른다. 초기에는 게임 스트리밍이 주를 이루었으나 점점 방송의 종류가 다양해지고 있다.

••• 국내 최대의 인터넷 방송 플랫폼. 아프리카TV에서 생방송을 하는 사람을 'BJ'라고 부른다.

엿보게 될 확률이 높습니다. 유튜브를 시작하고 싶다면 일단 유튜브의 바다에 뛰어들어 마음껏 헤엄쳐 보길 권합니다. 이는 시간 낭비도 아니고 한심한 짓도 아니며 당연히 해야 하는 일일 뿐입니다.

참고

평소에 유튜브를 보지 않는 사람이 여기까지 읽고 역시 유튜브를 보지 않은 채로 이 책을 계속 읽는다면 아마 읽어도 감이 오지 않는 부분이 있을 수 있습니다. 괜찮습니다. 너무 겁 먹지 마세요. 시작한 후에 탐험해도 늦지 않습니다.

도움

어떤 채널을 봐야 할지 감이 잡히지 않는다면 유튜버 순위(구독자 수 기준)를 알려 주는 사이트를 참고하는 것도 한 방법입니다. 많은 구독자 수를 자랑하는 채널부터 보다 보면 인기를 얻는 영상의 특징을 파악하기도 쉬울 것입니다. 이왕이면 '겨울서점'도 구독해 주시면 좋겠죠? 이건 제가 여러분께 도움을 요청해야 하는 부분인 것 같지만요.

추신

이와는 반대의 상황에 있는 분도 계실 겁니다. 이미

유튜브의 바다에 빠져 되레 나오지 못해 고민인 분들 말입니다. 북튜브를 하고 싶다면 유튜브의 바다를 탐험하다가도 책을 읽어야 합니다. 영상과 활자를 자유롭게 오갈 수 있어야 하니까요. 책이 늘 여러분 가까이에 있어야 합니다. 책을 만지고 읽고 느끼고 바라보아야 합니다. 여러분의 책이 유튜브라는 바다에 빠져 버리지 않도록 주의하세요. 젖은 책이야 말리면 그만이지만, 어찌 되었든 그건 꽤 귀찮은 일이니까요.

2
북튜브를 시작할 때의 고민

유튜브 채널 '겨울서점'은 2017년 1월에 문을 열었습니다. 채널 개설일은 1월 5일, 첫 영상이 올라간 날은 1월 10일입니다(공개된 날은 1월 11일, 지금은 비공개로 돌린 채널 소개 영상이었습니다). 이전의 인터뷰에서는 이것저것 합쳐 이 주 정도 준비했다고 말하곤 했는데 실제 소요된 시간은 그보다 적습니다. 일단 해 보고 나머지는 하면서 궁리하자고 생각했습니다. 솔직히 자신감도 약간 있었습니다. 짧게나마 라디오를 진행한 경력도 있고 책도 적게 읽은 편은 아니고 목소리가 좋다는 말도 많이 들었으니까요. 무엇보다 그때부터 저는 유튜브를 즐겨 보고 있었습니다. 유명한 채널을 구독하며 재미있다고 생각한 점을 직접 시도해 볼 생각에 기대가 됐습니다.

지금도 대세는 아니지만 당시만 해도 우리나라에는 북튜브를 아는 사람보다 모르는 사람이 많았습니다. 책을 다루는 콘텐츠 제작자는 대부분 페이스북에서 눈길을 끄는 카드뉴스나 자극적인 문구를 내세운 짧은 영상을 만들었습니다. 그런 콘텐츠는 대개 흥미를 불러일으키는 소설의 앞부분을 소개하고 아슬아슬한 클리프 행어•로 끝을 내거나 혹은 실질적으로 도움이 되는 삶의 유용한 정보를 다뤘습니다. 길이도 3분에서 5분 내외로 길지 않았습니다. 하지만 페이스북에 올라오는 긴 라이브 영상의 경우, 동시접속자 수를 보면 유튜브 생방송의 동시접속자 수를 따라가기 힘들어 보였습니다.

이는 페이스북이라는 플랫폼의 특징 때문입니다. 페이스북은 트위터나 인스타그램과 마찬가지로 타임라인이 주가 되는 플랫폼입니다. 손가락으로 화면을 죽죽 올리면서 게시물을 '훑어보는' 형식의 플랫폼이기 때문에 사용자가 지나간 게시물을 다시 보는 경우는 많지 않습니다. 한 게시물을 오랫동안 볼 확률도 비교적 낮습니다. 영상을 보면서 댓글을 동시에 보거나 관련된 유사한 영상을 이어 보기도 어렵습니다. 백그라운드 재생••도 불가능합니다. 따라서 단번에 눈길을 끌 수 있는

• 극이나 소설 등을 갈등이 절정에 이른 시점 혹은 새로운 갈등이 등장한 시점에 끝내 독자의 흥미를 유발하는 연출 기법.

•• 영상의 재생 상태를 유지한 채 다른 애플리케이션을 사용할 수 있는 기능. 영상의 소리를 들으며 다른 일을 할 수 있어 편리하다. 유튜브에서는 유료 구독 서비스인 '유튜브 프리미엄'을 사용할 경우 제공하는 기능이다.

콘텐츠를 만드는 것이 유리합니다. 핵심을 빠르게 전달하지 않으면 사람들은 금세 엄지로 화면을 쓸어 올리기 십상이니까요. 페이스북에서 좋은 반응을 얻는 콘텐츠의 문법은 이런 배경에서 정립되었습니다(물론 여기에 쓴 게 다는 아닙니다. 페이스북에도 다양한 글과 영상이 있습니다).

저는 어느 면으로 봐도 유튜브에 더 잘 맞는 사람이었습니다. 처음부터 '책을 보지 않아도 되게 도와주는' 영상을 만들 생각이 없었습니다(지금도 그렇습니다). 책에 대한 사랑을 마음껏 표출할 수 있는 일종의 '책 유토피아'를 만들고 싶었습니다. 책을 사랑하는 사람이 책을 사랑하는 일에 대하여, 책을 읽는 일에 대하여, 책이라는 물건을 만지는 일에 대하여 말하는 곳을 만들고 싶었습니다. 그러기 위해서는 '훑어보기'와 '타임라인'에 종속되어서는 곤란했습니다. 조금 더 긴 영상으로 솔직한 취향을 드러내도 괜찮은, 시간이 흐를수록 이야기와 분위기가 쌓이는, 마치 라디오 같은, 그리고 언제든 찾아와 '정주행'을 할 수 있는 플랫폼이 필요했고 그런 면에서 유튜브가 저에게 적합한 매체라고 판단했습니다. 주제만 다를 뿐 이미 많은 유튜버가 유튜브에서 그런 일을 하고 있었으니까요.

그렇게 채널을 만들었습니다. 그리고 실질적인 문제를 마주했습니다. 도대체 어떤 영상을 만들 것인가? 대중의 눈길을 끄는 강렬한 영상을 만들 게 아니라면 대관절 책 이야기를 어떤 방법으로 할 것인가? 이 질문에 답하기 위해서는 가장 먼저 확정해야 할 것이 있었습니다. 무엇을 보여 줄 것인가 하는 문제였습니다. 이 문제는 사실상 북튜브의 핵심이라고 해도 과언이 아닙니다. 책에서 길어 올린 풍부한 이야기를 도대체 어떻게 전달해야 할까요? 다른 장르의 유튜브와는 다르게 북튜브는 시각적인 부분을 채우기가 어려워서 이 부분을 어떻게 해결하느냐에 따라 채널 전체의 방향이 결정될 것 같았습니다.

제가 보여 주기로 선택한 것은 가장 흔하고 단순한 화면입니다. 얼굴을 드러내고 직접 나와서 이야기하는 것입니다. 유튜브에서 가장 많이 쓰이는 이 방법은 장점과 단점을 모두 지니고 있습니다. 장점은 구독자와 친밀감을 형성하기 좋다는 것입니다. 눈을 마주 보고 대화하는 시간이 늘수록 감정도 쌓일 테니까요. 단점은 보여 줄 게 없다는 것입니다. 북튜브에서 이미지로 보여 줄 수 있는 것은 책의 표지 정도입니다. 그 외 시각자료는 편집 과정에서 보충해야 합니다. 사진이 될 수도 있고 파워포인트나 다른 영상이 될 수도 있습니다. 확실한 건 이렇게 하면 편집 과정이 조금 번거로워진다는 점입니다.

잠시 다른 가능성에 대해서도 생각해 봅시다. 만약

얼굴을 드러내지 않는다면 어떻게 영상을 만들 수 있을까요? 얼굴을 드러내지 않으면서도 카메라를 활용해 촬영한다면 얼굴을 제외한 다른 신체 부분을 영상에 등장시키거나, 아니면 카메라를 자신의 눈처럼 여겨 1인칭 시점에서 촬영할 수 있을 것입니다. 카메라를 활용하지 않는다면 아예 처음부터 끝까지 사진과 영상 등의 시각 자료를 활용하거나 화이트보드 애니메이션 프로그램을 이용할 수 있을 것입니다. 이 경우에는 촬영 과정이 생략되는 대신 기획과 편집이 주가 됩니다. 이 모든 방법은 이미 여러 북튜버가 선택하여 사용하고 있습니다. 이 중에서 어떤 것을 선택할지는 본인의 몫입니다. 혹은 여기서 조금 더 나아가 새로운 방법을 시도할 수도 있겠지요.

제가 얼굴을 드러내는 방식을 선택한 이유는 단순합니다. ①제일 흔하고 ②이미 음악을 하고 있어 얼굴을 드러내는 데에 큰 거부감이 없었으며 결정적으로 ③구독자들과 대화하고 싶었기 때문입니다. 라디오의 감성과 유튜브의 친밀함을 좋아하는 저에게는 이 방법이 가장 잘 맞았습니다.

하지만 워낙 단점이 분명한 방법이기도 했으므로 단점을 만회할 길을 찾아야 했습니다. 보여 줄 것이 제한되어 있을 때 사람들의 흥미를 유발하려면 어떻게 해야 할까요? 가장 먼저 떠올린 것은 '소리'였습니다. 소리의

질을 높이고 문장을 깔끔하게 구사하며 정적이 흐르는 구간을 없애야겠다고 판단했습니다. 따라서 영상을 찍고 편집하는 과정에서 비문을 줄이고 소리가 비는 부분을 잘라 냈습니다. '무엇을 보여 줄 것인가'라는 질문이 영상 전반에 영향을 준다는 것은 이런 의미입니다. 저는 얼굴을 보여 주는 방법을 선택했으므로 전체 영상의 차원에서는 소리가 중요해졌고, 소리가 중요해졌기에 문장이 깔끔해야 했습니다. 깔끔하고 귀에 박히는 문장은 겨울서점의 큰 특징입니다.

두 번째 만회 방법은 기획을 다양하게 하는 것이었습니다. 제 얼굴만 나오게 하기보다는 다양한 장면을 보여 줄 수 있는 기획을 하기로 했습니다. 그렇게 여러 책 행사의 브이로그와 책 관련 토크 방송, 책 보드게임 방송, 책장 투어, 굿즈 리뷰 등이 채널에 추가되었습니다. 겨울서점의 첫 공식 영상이 책 리뷰 영상이 아니라 인터넷 서점 알라딘의 굿즈 리뷰 영상인 것도 이 이유 때문입니다. 제가 판단하기에 가장 '유튜브스러운' 영상 주제였기 때문에 첫 영상으로 선택한 겁니다. 마치 테크 유튜버나 뷰티 유튜버처럼 물건의 외양과 사용하는 모습을 보여 주기에 아주 좋은 주제였죠.

이런 기획의 다각화에는 약간의 위험이 따릅니다. 다양한 기획은 분명 얼굴을 드러내고 구독자와 대화하는 식으로 방송하는 북튜브의 약점을 보완하고 채널의 확장을 돕지만, 채널의 안정성에는 좋지 않은 영향을 줍니다. 꾸준히 같은 포맷의 영상을 올리면 그 포맷의 영상을 선호하는 사람들이 있기 때문에 조회 수를 안정적으로 확보하기 좋습니다. 저는 그 안정성을 포기하고 적당한 균형을 잡는 쪽으로 결정을 내렸습니다. 그래서 다양한 영상을 올리고 있지만 그러면서 채널 내의 균형도 유지하려고 노력합니다. 앞으로는 어떻게 될지 모르지만 일단은 그렇습니다. 북튜브를 지속하기 위한 일종의 몸부림입니다.

부차적이지만 여기에 더해 시각적 미감도 중요하게 여겼습니다. 화면의 질감과 톤, 자막의 폰트와 색, 로고 디자인 등은 채널 이미지에 영향을 줍니다. 깔끔하고 감각적인 화면이 겨울서점이라는 채널 이름과 영상 내용에 어우러지도록 노력했습니다. 이따금 변화를 주며 그때그때 할 수 있는 최선을 다해 볼 만한 영상을 만들기 위해 애썼습니다.

어떤 영상을 만들 것인지에 대한 물음에 나름의 답변을 해 봤습니다. 이 정도면 사실상 겨울서점의 영업 비밀을 다 이야기했다고 해도 과언이 아닙니다. 하지만 이 답변이 완벽한 것은 아닙니다. 일단 지금까지 제가 선택한 방법이 그렇다는 것입니다. 저는 여전히 매주 이 질문 앞에서 고민합니다. 아마 모든 유튜버가 그럴 겁니다. 어떤 영상을 어떻게 만들고, 어떤 제목으로 언제 올릴 것인지는 유튜브를 하는 이상 영원히 고민해야 할 숙제입니다. 머리가 조금 복잡해지셨나요? 이 숙제 앞에서, 여러분과 조금 더 구체적인 이야기 속으로 들어가 보겠습니다.

3

북튜브 개설하기

급작스러운 실전이죠? 계속 이론만 다루면 재미가 없으니까요. 실제로도 저는 큰 고민 없이 일단 채널부터 만들고 생각했습니다. 대책 없는 성격이죠. 제가 앞서 말한 고민을 거쳐 어떻게 채널을 열었는지에 대한 실질적인 이야기를 해 보려고 합니다. 이 부분은 북튜브만이 아니라 모든 유튜브 채널에 적용할 수 있는 이야기입니다.

저는 '하고 나서 생각하자' 주의자라 시작에 어려움이 없지만 그렇지 않은 분도 많다는 것을 압니다. 그렇더라도 유튜브를 시작할 생각이라면 일단 채널부터 열어도 괜찮습니다. 어떤 영상을 어떻게 올릴지는 차차 정하면 되니까요. 영상을 올려 보고 아니다 싶으면 더 좋은 영상을 올린 다음 예전 영상을 내리면 됩니다. 그렇게 해 보다가 유튜브를 하지 않기로 결정한다면 어쩔 수 없죠. 다른 채널을 탐험하는 계정으로 그 계정을 쓰면 됩니다. 걱정할 필요가 없는 건 걱정하지 맙시다. 그럼, 채널을 만드는 방법부터 이야기해 보겠습니다.

이름 짓기

저는 일단 채널 이름을 정해 개설부터 하고 그다음에 나머지를 정했습니다(여기서 나머지란 채널 아트, 로고, 구체적인 영상 디자인 등을 말합니다). 이름을 정한 과정은 아주 간단했습니다. 제 예명 겸 필명은 '김겨울'이고, 책에 대한 채널이니 관련된 단어를 골라 둘을 조합하기로 했습니다. 채널 이름은 기억하기 좋고 정체성을 잘 나타낼수록 좋다는 정보를 유튜브를 시작한 지 일 년이 지난 후에야 전해 들었지만 아무튼 본능적으로 그렇게 짓는 게 좋다고 생각했습니다. 후보 단어에는 책방, 책장, 서점 등이 있었고, 그중 가장 발음이 부드러운 서점으로 정했습니다. 울림소리 미음이 들어가 있고 파찰음인 치읓은 없어 입에 부드럽게 붙는 느낌을 받았습니다.

여담이긴 하지만 결정이 무색하게 겨울서점은 종종 수많은 이름으로 불립니다. 댓글부터 광고 제안 메일까지 각종 사례에서 돌연변이가 출몰하는데, '겨울'과 '가을'을, '서점'과 '책방'을 헷갈리는 분이 많습니다. 그 결과로 저는 가을책방, 가을서점, 겨울책방이라는 호칭을 모두 들어 보았습니다. 가을부터 겨울까지, 서점부터 책방까지 꽤 넓은 커버리지를 얻은 것은 좋은 일……이겠죠? (당연한 말이지만, 이왕이면 제대로 된 이름으로 메일을 보내셔야 마음이 갑니다. 상대방의 이름을 제대로 쓰는 건 기본이니까요.)

아무튼 채널 이름은 겨울서점이 되었습니다. 잘 지은 이름이라고 생각합니다. 책을 다루는 채널이라는 점이 명확하게 드러나고 겨울서점이라는 이름을 듣고 떠오르는 이미지가 실제 채널 이미지에 어느 정도 부합합니다. 비록 개설 초반에 진짜 서점을 하냐는 질문에 진땀을 빼기도 했지만 이제는 그런 오해를 받지 않습니다 (이제는 진짜 서점이냐는 질문 대신 서점을 열 생각이 없냐는 질문을 많이 받는데요, 여기서도 밝히건대 저는 서점을 열 생각이 0.1그램도 없습니다). 채널이 어느 정도 성장했기 때문이겠지요.

북튜브를 하면서 지을 수 있는 이름은 제한적이긴 합니다. 책과 연관된 단어가 들어가는 이름을 지으려면 그렇습니다. '책'이나 '북'Book이라는 단어를 넣는 것이 정석이긴 하지만 도저히 생각해 내기 어렵다면 아예 새로운 이름을 짓고 그 이름을 브랜딩하는 것도 방법일 수 있습니다. 뷰티나 먹방, 게임 같은 다른 장르의 유튜버만 봐도 유명한 채널의 이름이 그 채널의 카테고리와 상관없는 경우가 많으니까요. 이름을 알리는 건 전적으로 어떤 채널을 어떻게 만들어 나가느냐에 달려 있습니다.

채널 개설하기

채널 개설 방법은 간단합니다. 일단 구글에 들어가 새 이메일 계정을 만듭니다. 원래 구글 아이디가 있더라도 이왕이면 채널 전용 이메일을 개설하는 쪽이 좋습니다. 비즈니스 메일을 주고받거나 이벤트를 진행하는 등의 일을 할 때 개인 이메일과 섞이지 않아야 관리하기 수월하거든요.

구글에 가입한 후 유튜브에 들어가 로그인합니다. 화면 우측 상단의 자기 아이콘을 클릭해 '크리에이터 스튜디오'에 들어갑니다. 그럼 채널을 만들어야 사용할 수 있다는 문구가 뜰 겁니다. '채널 만들기'를 클릭해 만들어 놓은 채널 이름을 입력합니다. 다시 한 번 '채널 만들기'를 클릭하면 개설! 참 쉽죠?

채널 아트와 프로필 만들기

유튜브 채널을 만들 때 채워야 할 사진란이 두 개 있습니다. 하나는 프로필 사진, 다른 하나는 채널 아트. 프로필 사진은 유튜브 채널에서 채널 이름 옆에 뜨는 사진입니다. 여러분이 다른 사람의 영상에 댓글을 달 때 뜨는 바로 그 정사각형 사진 말입니다. 사진 설정을 하지 않으면 보통 이름의 일부가 자동으로 뜨거나, 사람 실루엣이 뜹니다. 프로필 사진을 아주 신경 쓸 필요는 없지만 눈에 띄게 잘 만들면 약간의 도움이 됩니다.

프로필 사진은 유튜버에 따라 신경 써서 만드는 사람도 있고, 그냥 자기 사진이나 캐릭터로 하는 경우도 있습니다. 저는 프로필 사진 자리에 직접 디자인한 로고를 넣었습니다. 하늘색 바탕에 짙은 회색으로 '책 책'(冊)자를 쓰고, 오른쪽 위에 흰색 눈꽃 모양을 더했습니다. 겨울서점이라는 이름에 어울릴 만한 느낌으로 디자인한 것입니다. 꼭 이렇게 로고를 디자인할 필요는 없으나 한 번 디자인해 두면 나중에 두고두고 쓸모가 많습니다. 채널 워터마크를 설정할 때도 편하고 영상에 넣을 로고로 사용할 수도 있습니다.

여담이지만 저는 영상에 넣는 로고는 프로필 사진과 다르게 만들어 사용하고 있습니다. 채널 초반에는 정사각형 흰색 바탕에 회색 글자로 '겨울서점'을 쓴 단순한 모양이었는데 DIA TV•에서 새 로고를 만들어 주었습니다. 펼친 책 모양을 본뜬 무늬가 겨울서점이라는 글자 위아래로 있고, 프로필 사진에서처럼 오른쪽 위에 눈꽃 모양이 달린 형태입니다. 채널에 어울리면서도 깔끔하게 잘 만들어 주셔서 영상 위쪽 왼편에 항상 띄워 두고 있습니다.

다시 본론으로 돌아가서 채널 아트는 프로필 사진보다는 조금 더 중요합니다. 채널에 방문했을 때 처음 만나는 일종의 대문이니까요. 해당 채널에 들어갔을 때 채널 이름과 함께 상단에 뜨는 이미지를 채널 아트라고 부릅니다. 채널 아트는 대문답게 채널의 인상을 결정하기도 하고 정보를 주기도 합니다. 정말 특출난 영상을 올려 소문이 나지 않는 한 채널 아트를 만들어서 올려 두는 쪽이 좋습니다. 그래야 채널에 방문한 시청자가 '아, 여기는 유튜버가 영상을 계속 올릴 생각으로 운영하는 곳이구나' 하는 인상을 받습니다.

채널 아트 한 장을 업로드해 두면 구글이 모바일 환경, 컴퓨터 환경, 구글 TV 환경에 따라 각각 다른 비율로 화면에 띄웁니다. 디자인을 잘못하면 환경에 따라 채널 이름이 보이지 않는 곤란한 일이 생깁니다. 친절한 분들이 인터넷에 채널 아트 가이드라인을 올려 두었으니 파일을 찾아서 다운로드 받은 후에 그에 맞추어 채

• CJ ENM에서 운영하는 크리에이터 전문 채널.

널 아트를 만드시기 바랍니다.

구상하고 있는 채널 느낌을 잘 살려 디자인하면 더 좋겠습니다. 겨울서점의 채널 아트는 제 프로필 사진 한 편에 '겨울書店'과 'Winter Bookstore'라는 글자를 올린 형태입니다. 프로필 사진이 제법 멋져 그것만으로도 꽤 괜찮은 채널 아트가 탄생했습니다. 유튜브에 '겨울서점'을 검색해 채널에 들어가면 보실 수 있습니다.

채널 아트를 완성하면 자신의 유튜브 채널에 들어갑니다. 상단에 마우스를 대면 연필 모양의 아이콘이 뜰 것입니다. 아이콘을 클릭해서 만든 채널 아트를 업로드합니다. 프로필 사진 역시 연필 아이콘을 클릭해 업로드하면 됩니다.

장비를 준비하기

무턱대고 장비를 새로 살 필요는 없습니다. 아니, 일단 사지 않길 권합니다. 확실한 채널 방향이 있고 전략이 준비되었으며 실제로 해 보았을 때 성장 가능성이 보이기 전까지 장비는 차라리 부족한 쪽이 낫습니다. 먼저 장비부터 사자는 마음이 들 수도 있겠지만 잠시 쇼핑몰을 검색하던 손을 멈추고, 하나씩 설명해 드릴 테니 생각하고 고민하고 고르세요. 북튜버에게 필요한 장비를 정리해 봅시다.

필수 장비: 책, 컴퓨터, 편집 프로그램

선택 사항: 카메라, 마이크, 조명, 웹캠 등

책

장비라고 하긴 뭣하지만 어쨌든 북튜브에 책이 없어서는 곤란합니다. 영상에서 다루는 소재로도 책이 필요하고 겨울서점처럼 인테리어 소품으로도 책을 활용할 수 있습니다. 유튜브하는 법을 독학하기 위해 이 책 같은 책을 참고할 수도 있겠지요. 요새는 유튜브와 영상 편집에 관한 책이 아주 많으니 한두 권만 골라 보면 됩니다. 책보다는 실전에서 배우는 게 훨씬 많으니까요.

카메라(선택 사항)

이건 확실히 필요한 유튜브 장비입니다. 그런데 왜 '선택 사항'이냐고요? 카메라 없이 영상 소스를 편집해서 영상을 만드는 유튜버도 있기 때문입니다. 만약 겨울서점처럼 카메라로 얼굴이나 손을 찍기로 결정했다면, 이왕이면 화질이 좋은 카메라를 사용하는 게 좋습니다. 그렇다고 영화를 찍을 때 쓸 법한 하이엔드 카메라까지 갈 필요는 없고요, 중급 미러리스 정도로도 충분합니다. 요새는 워낙 핸드폰 카메라가 잘 나오니 핸드폰 한 대로도 얼마든지 영상을 찍을 수 있습니다. 현재 저는 4K까지 촬영이 가능한 미러리스 카메라를 기본 카메라로, 아이폰을 보조 카메라로 사용합니다. 아이폰으로도 충분히 좋은 영상을 찍을 수 있습니다. 아이폰이 맨날 광고하는 게 그거잖아요. 삼성과 LG는 아이폰보다도 좋은 카메라를 스마트폰에 넣고 있고요.

아! 한 가지 유념할 점이 있긴 한데, 발열이 심한 카메라는 피하는 것이 좋습니다. 겨울서점 초반에 그런 카메라를 사용했습니다. 한 번에 찍을 수 있는 영상의 최대 길이가 17분인데 20분 연속으로 촬영을 하면 발열이 심해 저절로 꺼졌습니다. 지금 생각해도 눈물이 나는군요. 그런 카메라로 촬영을 했다가는 10분마다 카메라를 끄고 쉬어야 하는 사태가 벌어집니다. 한 시간 촬영할 것을 (카메라 냉각 시간을 포함해) 세 시간 동안 하고 싶지 않다면 반드시 발열이 적은 카메라를 선택하기 바랍니다. 역시 시작할 때의 답은 스마트폰인 것 같습니다.

컴퓨터와 몇 가지 편집 프로그램

영상을 찍은 그대로 바로 올리기보다는 편집을 거치는 쪽을 권합니다. 솔직히 말하자면 제발 편집 없이는 올리지 말라고 하고 싶습니다. 유튜브하는 사람들이 늘면서 전반적인 영상 수준이 높아지고 있기 때문에 전문가 수준은 아닐지라도 보기에 편안한 정도의 편집은 필요합니다. 지나치게 사운드가 비거나 횡설수설하는 영상은 시청자를 붙잡기 어렵습니다. 최소한의 컷 편집과 간단한 인트로 정도는 넣기를 권합니다.

가장 많이 쓰는 영상 편집 프로그램은 '어도비프리미어'와 '파이널컷'입니다. 프리미어는 매킨토시와 윈도 모두에서 사용할 수 있고 파이널컷은 매킨토시에서만 구매할 수 있습니다(저는 파이널컷을 사용합니다). 매킨토시를 사용하는 전문가들은 간혹 '모션'이나 '어도비애프터이펙트'를 써서 더 프로페셔널한 영상을 만들기도 하지만 거기까지 가지 않아도 됩니다. 프리미어로도 충분히 훌륭한 영상을 만들 수 있습니다. 영상 편집이 처음이라면 유튜브에서 영상 편집을 가르쳐 주는 영상을 찾아보고 어느 정도 감을 잡은 다음 선택해도 좋습니다. 당연한 말이지만 정품을 사용하기 바랍니다. 프로그램에 대한 정당한 대가를 지불하는 것은 당연한 일인 데다가 크랙 버전을 쓸 경우 무슨 오류가 날지 모릅니다. 몇 시간을 편집한 결과물이 갑자기 휙 날아간다고 생각해 보세요. 아픈 허리를 부여잡고 통곡하고 싶은 심정이 됩니다. 편집한 영상을 통째로 날리고 싶지 않다면 정품을 씁시다.

요새는 무료 프로그램이나 애플리케이션도 많으니 유료 프로그램이 부담스럽다면 처음에는 무료 프로그램으로 시작해도 됩니다. '비바스튜디오', '키네마스터', '다빈치리졸브', '모바비', '곰믹스'를 비롯해 다양한 무료 프로그램이 나와 있습니다. 쓰다 보면 점점 많은 기능이 욕심날 테고 그때 유료 프로그램을 사도 늦지 않습니다. 아이패드를 사용한다면 '루마퓨전'도 추천합니다. 비교적 저렴하고 가격에 비해 기능이 상당히 좋습니다. 유튜브에 '영상 편집 프로그램'을 검색해 여러 프로그램의 사용 예를 보고 결정하는 것도 좋겠습니다.

영상 편집 프로그램은 문서 작업과 인터넷만 소화 가능한 넷북 정도가 아니라면 웬만한 컴퓨터에서 다 돌아갑니다. 컴퓨터야 좋을수록 좋겠지만 영상을 만드는 데 최고 사양의 컴퓨터가 필요하지는 않습니다. 가지고 있는 컴퓨터에서 가벼운 프로그램을 써도 충분하고 어떤 프로그램이든 기본 원리는 거의 같으니 무엇으로든 일단 시작해 편집에 익숙해지고 난 다음 자기에게 맞는 프로그램을 선택하면 됩니다. 물론 처음부터 전문 프로그램을 쓰면 중간에 새로운 기술을 익힐 필요 없이 오랫동안 사용할 수 있다는 장점이 있습니다.

섬네일을 제작할 때는 사진 편집 프로그램이 있어야 하는데 '어도비포토샵'이나 '포토스케이프X'처럼 사진 위에 글자를 넣을 수 있고 레이어를 관리할 수 있는 프로그램을 사용하는 것이 좋습니다. 레이어는 말 그대로 '층'을 말하는데, 사진 위에 덧입히는 여러 요소가 사진에 병합되는 것이 아니라 각각의 층으로 나뉘어 있어야 디자인하기가 수월합니다. 글자를 썼는데 사진에 합쳐져서 글자 위치를 옮길 수 없으면 곤란하니까요. 요새는 스마트폰에서 섬네일을 만들 수 있는 사진 편집 애플리케이션도 많이 나와 있습니다.

마이크(선택 사항)

유튜브는 시청각 매체입니다. '보기'와 '듣기' 두 가지가 중요한 매체인데, 유튜브프리미엄(유튜브 유료 요금제) 이용자는 보지 않고 듣기만 하는 경우도 있으므로 좋은 소리는 필수입니다. 아무리 화질이 좋아도 소리 상태가 좋지 않으면 영상을 오랫동안 보기 쉽지 않습니다. 깔끔한 음질에 정확한 발음, 전달력 있는 목소리가 합쳐지면 시청자가 머무르는 시간이 훨씬 길어질 것입니다.

실내 촬영이라면 조금 덜하겠지만 야외 촬영이라면

더욱 소리에 신경을 써야 합니다. 저는 실내 촬영이 많아 카메라 자체에 내장된 마이크로도 충분했습니다만, 현재는 조금 더 좋은 음질을 내기 위해 카메라에 지향성 마이크•를 연결해 사용합니다. 낭독할 때나 생방송할 때는 음악 작업을 할 때 쓰던 콘덴서 마이크••를 사용하여 더욱더 깔끔하고 좋은 음질로 소리를 전달합니다. 외부 촬영을 할 때는 옷에 꽂는 녹음기를 사용하고요.

처음 유튜브를 시작해서 스마트폰으로 촬영하는 경우 작은 유선 마이크를 구매해 이어폰 잭에 끼워 사용할 수도 있고, 조금 더 활동적인 촬영을 하는 경우 녹음기나 무선마이크를 구매하는 것도 좋습니다. 이어폰 잭에 연결하는 마이크는 5천 원 정돈데 있고 없고의 차이가 큽니다. 내레이션의 경우 팟캐스트를 녹음하는 스튜디오를 한 시간 정도 빌려 녹음하는 방법도 있습니다(혹시라도 야외 촬영에서 음질을 확보하지 못했을 경우에는 부지런히 자막 작업을 하기를 권합니다).

조명(선택 사항)

촬영할 때 조명의 역할은 생각보다 중요합니다. 조명이 있고 없고에 따라 화면 분위기가 완전히 달라집니다. 처음에는 저도 가지고 있던 일반 책상용 스탠드를 활용

• 특정 방향에서 들려오는 좁은 각도 내의 소리만 모아 주는(선택해 녹취해 주는) 기다란 모양의 마이크.

•• 세밀하고 정확한 소리를 녹음하는 데 적합한 마이크. 스튜디오 녹음이나 전문적 음향 녹음을 할 때 많이 이용된다.

했는데 촬영용 조명을 구매한 후 영상의 '때깔'이 달라졌다는 댓글이 종종 달립니다(실은 지금도 촬영 각도 때문에 스탠드를 자주 사용합니다만). 조명을 잘 활용하면 같은 카메라로 촬영해도 훨씬 선명한 느낌을 낼 수 있습니다. 이제 저는 생방송을 할 때도 조명을 사용하는 편입니다.

하지만 여전히 선택 사항입니다. 방송용 조명 없이 자연광과 실내조명으로도 충분히 좋은 결과물을 만들 수 있습니다. 조명 없이 기발한 아이디어와 좋은 편집만으로 수십만 조회 수를 자랑하는 영상이 아주 많습니다. 조명은 어디까지나 나중 이야기입니다.

조명을 설치할 경우 조명을 얼굴에 직접 비출 수도 있고 벽면을 향해 비춰서 반사광을 활용할 수도 있습니다. 방의 구조와 영상 분위기, 카메라 기종에 따라 여러 시도를 하고 가장 적합한 방법을 사용하면 됩니다.

웹캠(선택 사항)

생방송을 한다면 웹캠이 필요할 수 있습니다. 물론 핸드폰으로도 충분히 좋은 화질을 구현할 수 있지만 웹캠과 컴퓨터 프로그램으로 생방송을 할 경우 화면을 더욱 다채롭게 구성할 수 있습니다. 'OBS'나 'XSplit' 같은 프로그램에 웹캠을 연결하면 화면에 웹사이트를 띄워 놓고 시청자와 함께 볼 수 있으며 사진이나 영상도 함께 볼 수 있습니다. 게임 스트리머는 모두 이런 방식으로 방송을 진행합니다. 물론 노트북이나 컴퓨터에 내장 카메라가 있다면 그것을 써도 상관없습니다. 보통 그런 카메라를 쓰다가 화질이 낮아서 추가로 웹캠을 사는 경우가 많습니다. 드문 경우지만 어떤 분은 생방송이 아닌 영상인데도 아예 웹캠을 컴퓨터에 연결해 영상을 촬영하기도 합니다. 반대로 생방송에서 카메라를 캡처보드•에 연결해 사용하는 경우도 있습니다. 역시 어디까지나 선택 사항입니다.

그 외

야외 촬영을 할 때는 고프로 같은 액션캠••이나 카메라를 잡아 주는 짐벌gimbal•••이 큰 도움이 됩니다. 삼각대 기능이 있는 셀카봉도 좋습니다. 생방송을 웹캠이 아닌 카메라로 진행하려면 캡처보드라는 추가 장비가 필요합니다. 콘덴서 마이크를 컴퓨터와 연결하려면 오디오 인터페이스가 필요하고요. 생방송을 할 때나 편집할 때 화면은 넓을수록 좋고 추가 모니터가 있으면 더

• 연결된 기기의 화면(영상)을 캡처 또는 녹화해 다른 기기로 전달하는 데 쓰이는 하드웨어. 주로 컴퓨터 등에 삽입하거나 연결해 쓴다.

•• 주로 신체나 (운동)기구 등에 부착해 손을 대지 않고도 촬영할 수 있게 만든 작고 가볍고 내구성 좋은 카메라. 이동 중에 많이 쓰며, 일반 카메라로는 불가능한 역동적이고 독특한 구도의 영상을 촬영하는 데도 이용한다.

••• 카메라로 동영상이나 사진을 촬영할 때 흔들림을 최소화하기 위해 사용하는 부가 장치.

좋습니다.

이렇게 나열하기 시작하면 정말 끝이 없습니다. 장비는 사도 사도 부족하거든요. 그러니 처음부터 욕심내지 말기 바랍니다. 물론 장비를 마련하면 기분이 좋습니다. 제대로 시작한다는 느낌도 들고요. 지나치지 않다면 처음에 필요한 최소한의 장비를 사는 정도는, 뭐 괜찮을지 모릅니다. 그런 의미에서 팁 한 가지! 삼각대는 필수 장비라 할 수 있으면서도 저렴한 편이고 기분을 내기 좋습니다.

채널의 콘셉트 정하기

자, 중요한 부분입니다. 실전에서 잠시 이론으로 돌아가는 시간입니다. 제 생각에는 이 책을 비법서로 펼쳐 든 분께 가장 중요한 꼭지일 것 같습니다. 채널 전체의 콘셉트를 잡는 건 아주 중요하거든요. 채널 콘셉트는 올리는 영상에 통일성을 부여하고 채널의 이미지를 형성합니다. 새로운 유행에 유혹을 느낄 때 그 유행을 따르지 말지, 따른다면 어떤 식으로 따를지를 결정하는 기준도 됩니다. 채널의 미래를 예측할 수 있게 하므로 방향성을 고민할 때도 중요한 판단 근거가 됩니다.

겨울서점의 성공(?)으로 북튜브 채널이 많이 생기는 추세인 듯합니다. 많은 채널이 겨울서점을 벤치마킹하는 모양이고요. 북튜브 채널이 많이 생기는 것은 좋은 현상이라고 생각하지만 채널의 콘셉트가 조금 더 다양했으면 하는 마음이 있습니다. 서로 다른 사람의 특성을 살린 콘셉트라면 저마다 다를 테니까요.

겨울서점은 '책을 많이 읽은 사람이 책 이야기를 하는 곳'입니다. 처음 제가 선택한 위치는 책을 좀처럼 읽지 않는 일반인과 늘 책과 가까이 있는 다독가 사이의 어딘가였습니다. 책을 많이 읽었지만 어떤 분야를 전문적으로 알고 있지는 않은 사람이 책을 안내하는 곳입니다. 그런데 이런 위치를 점하려면 보는 사람을 설득해야겠다는 생각이 들었습니다. 영상에서 지속적으로 책을 권할 텐데, 보는 사람 입장에서는 "네가 누군데 다른 것도 아닌 책을 권하니?" 하고 싶을 것 같았거든요. 제가 유명한 사람도 아니고요. 다행히 저는 이 부분을 자연스럽게 해결할 수 있었습니다. 일등공신은 제 영상의 배경이 되는 책장입니다. 영상을 처음 보는 사람이라고 해도 뒤에 빼곡히 꽂힌 책을 보면 약간의 신뢰감이 생길 거라고 보았습니다. 제 짐작은 다행히 맞아떨어진 것 같습니다. 이등공신을 꼽는다면 아마도 제가 구사하려고 노력하는 깔끔한 문장이 되겠지요.

거기에 더해 '책을 사랑하는 마음이 드러나는 곳'이기를 바랐습니다. 그래서 책과 관련된 행사에 다니고 시청자와 함께 책을 사고 새로 산 책을 기쁘게 뜯고 친구와 책으로 농담을 나누었습니다. 그러다 보면 책이라는 물건 자체를 사랑하는 마음이 영상에 자연스럽게 담길 것이라 생각했습니다. 결국 겨울서점은 '책을 많이 읽은 사람이 책을 사랑하는 마음을 마음껏 보여 주는 곳'이 되었습니다. 제가 생각한 '책 유토피아'를 향해 한 발짝씩 나아가는 곳이지요.

그런데 모든 북튜브 채널이 그런 콘셉트일 필요는 없습니다. 저는 여러 가능성 중 제게 맞는 하나를 선택했을 뿐입니다. 오히려 책을 전혀 읽지 않는 사람이 독서에 도전하는 채널도 있을 수 있습니다. 그런 채널이라면 자연스럽게 '쉬지 않고 15분 독서하기 챌린지', '유명한 스테디셀러 열 쪽 읽기 챌린지', '열흘 동안 매일 독서하고 느낀 점 말하기' 같은 기획이 가능하겠죠. 사람들은 그 채널에서 어떤 걸 기대할까요? 마치 자신처럼 책을 잘 읽지 않는 사람이 점점 책과 친해지는 과정을 지켜보고 스스로도 동기부여하는 것이겠습니다. 다이어트 전후를 보고 감명받듯 처음에는 책 한 쪽도 읽기 힘들어하던 사람이 어려운 책을 읽고 리뷰하는 모습을 보는 것이 즐거울 수도 있겠습니다.

베스트셀러만 공략하는 채널도 가능할 것입니다. 그 영상을 보러 오는 사람은 무엇을 기대할까요? 자신이 궁금해하는 베스트셀러 내용을 안내받고 그 책이 찾아서 읽을 만한 가치가 있는지 설명해 주는 것일 겁니다. 개중에는 책을 읽지 않고 영상으로만 내용을 숙지하고 싶은 사람도 있을 것입니다. 그렇다면 영상을 만드는 사람은 해당 책의 내용을 설명하고 이 책이 어떤 이유로 베스트셀러가 되었는지를 설명하면 됩니다.

책을 소재로만 이용해 지식 콘텐츠를 만드는 채널을 만들 수도 있습니다. 책에 담긴 유용한 지식을 길어 내 그 내용을 가공하여 깔끔하게 전달하는 것입니다. 그런 채널도 북튜브라고 부를 수 있을지는 모르겠지만 위의 베스트셀러 콘셉트와 마찬가지로 타깃이 명확하고 비즈니스화하기도 좋을 겁니다. 작정하고 B2B(기업 간 거래)를 노린다면 성공할 가능성이 높은 콘셉트입니다.

가능성은 무궁무진합니다. 능력이 된다면 어려운 책을 해설하는 콘셉트의 채널을 만들 수도 있습니다(그럴 경우 앞서 말한 것처럼 시청자들의 무언의 질문 "네가 누군데?"를 통과해야겠지요. 책장은 사실 임시방편이고 영상 내용으로 증명하는 게 제일 좋을 겁니다). 채널을 온전히 자신의 취향을 드러내는 공간으로 설정할 수도 있고(그 취향이 채널 디자인 전반에 걸쳐 통일되는 것이 좋습니다), 자신의 직업이나 상황을 강조할 수도 있습니다. 이를테면 음악가의 독서라든지 워킹맘의 독서라든지 개발자의 독서라든지 청소노동자의 독서 채널을 만들 수 있겠지요. 책의 표지만 평론하는 채널, 책을 읽고 자신이 표지를 새로 디자인해 보는 채널, 공방이나 화가의 채널처럼 책의 제작 과정을 보여 주는 인쇄소 채널, 한 명이 아닌 여러 명이 독서 모임처럼 이야기를 나누는 채널 등 가능성은 무한합니다. 그 무한한 가능성 속에서 자신에게 맞는 콘셉트를 찾기 위해서는 스스로에 대해 곰곰 생각하는 시간도 필요할 것이고 그것을 다른 이들에게 어떻게 보여 줄지 고민할 시간도 필요할 것입니다. 겨울서점이라는 한 가지 모델에 갇히는 대신 자신에게 맞는 콘셉트를 향해 다양하고 자유롭게 상상의 나래를 펼쳐 봤으면 좋겠습니다. 저는 여기서부터가 정말 북튜브의 '시작'이라고 생각합니다.

4
북튜버의 업무들

채널을 개설하고 이름을 정하고 로고와 채널 아트를 정하고 콘셉트까지 정했다면 이제 영상을 올릴 차례겠지요? 제가 채널을 만든 후 어떻게 매 영상을 기획하고 촬영해 올리는지를 이야기하려고 합니다. 유튜버가 실제로 어떻게 사는지를 엿볼 수 있는 부분일 것입니다. 모든 직업이 그렇듯 직접 해 보기 전까지는 그 직업의 실상을 잘 모르는 법이니, 아마 짐작하지 못했던 즐거움이나 고충을 발견하실 수 있으리라 생각합니다.

북튜버의 일주일

북튜버는 책을 읽기만 하는 사람이 아니라 책에 대한 '영상을 만들어 올리는' 사람입니다. 그래서 겨울서점은 매주 숨 가쁜 스케줄로 돌아가는 하나의 작은 프로덕션 스튜디오와도 같습니다. 영상 기획과 촬영, 편집을 모두 소화해야 하므로 무척 바쁩니다. 채널에는 일주일에 최소한 한 개의 영상이 올라갑니다. 업로드 일정이 화요일 정오로 고정되어 있어서 보통 목요일부터 월요일까지는 영상을 만드는 데에 쓰고 있습니다. 향후 한 달 정도의 기획을 미리 해 두고 매주 그에 맞는 영상을 제작합니다.

먼저 영상의 구체적인 기획과 준비를 이틀 정도 합니다. 책을 소개하는 것이라면 책을 다시 읽고 스크립트를 짜고, 야외 촬영이라면 영상 구성안을 준비합니다. 완성된 영상을 고려해 촬영 계획을 세우고 앵글도 확인합니다. 촬영이나 편집 때 들어가야 할 자료가 있다면 미리 찾아서 구해 둡니다. 추가로 필요한 장비도 빌립니다(비교적 쉬운 기획을 할 때는 다음다음 주 영상을 미리 준비하거나 이렇게 글을 씁니다).

금요일이나 토요일쯤 촬영을 합니다. 이미 영상 구성이 나와 있으므로 그에 맞춰 진행합니다. 영상에 따라

소요 시간은 다르지만 집에서 혼자 촬영하는 경우에는 환경 세팅부터 마무리까지 보통 한 시간에서 세 시간이 걸립니다. 스튜디오에 가서 촬영해야 하는 경우에는 이동 시간과 세팅 시간이 더 길어지고 게스트가 있는 경우에는 이에 더해 촬영 시간도 길어집니다. 시간을 다 합하면 온종일 걸린 촬영도 있었습니다.

촬영을 마친 후 월요일 밤까지는 꼬박 편집을 합니다. 일단 촬영한 모든 파일을 늘어놓고 컷 편집을 합니다. 컷 편집을 하면서 전체 영상의 그림을 그려 보고 영상에 더할 추가적인 이미지나 영상 자료가 있으면 검색해 다운받습니다(미리 다 준비했다고 생각해도 편집하다 보면 꼭 새로운 자료가 필요해지곤 합니다). 첫 번째 컷 편집이 마무리되면 처음부터 다시 보면서 조금 더 섬세하게 컷 편집을 하고 가장 큰 단위의 타이틀도 넣습니다. 이때 문장을 최대한 깔끔하게 만듭니다. 필요한 경우에는 아예 단어 단위로 잘라서 문장을 섞는 방식으로 다시 배열하기도 합니다. 조금 재미를 부려 클로즈업이나 화면 회전 같은 잔기교를 부리기도 합니다. 여기에 소제목과 배경음, 자막과 효과음 등을 넣어 마무리합니다.

포토샵으로 섬네일을 제작하고 영상을 업로드합니다. 업로드를 하자마자 영상을 보면 화질이 낮기 때문에 미리 예약을 걸어 두는 것이 좋습니다. 제목과 내용을 쓰고 섬네일을 업로드한 후 화요일 정오로 예약을 겁니다. 화요일 정오에 업로드가 되면 초기 반응을 살펴보고, 모처럼 맞이한 여유를 즐기……면 좋겠지만 업무 미팅이나 약속을 웬만하면 화요일 내지는 수요일로 잡기 때문에 부지런히 돌아다녀야 합니다.

이 사이사이에 프리랜서로서의 일주일도 함께 돌아갑니다. 틈틈이 밀린 이메일에 답장을 하고 의사결정을 하고 포트폴리오를 업데이트하고 책을 읽고 책을 쓰고 청탁 원고를 쓰고 업무 미팅을 하고 인터뷰나 출연을 하고 강연 자료를 만들고 강연을 합니다. 쉴 새 없이 돌아가는 저의 일주일은 이렇게 반복됩니다. 조금 더 구체적인 이야기로 들어가 보겠습니다.

기획하고 기획하고 기획하기

채널도 만들었고 장비도 갖추었으니 이제는 어떤 영상을 올릴지 결정할 차례입니다. 저는 보통 적게는 2주, 많게는 5주 치의 기획을 해 둡니다. 그 안에서 매주 가능한 영상을 만들면서 조금 오래 걸릴 것 같은 영상은 미리 조금씩 준비합니다(보통은 정한 책을 다시 읽거나 장소 및 출연자를 섭외하고 장비를 빌리는 등의 일입니다). 물론 상황에 따라 기획한 영상이 아닌 다른 영상을 먼저 제작하는 경우도 있지만 최소한 한두 개 정도의 기획은 미리 확보해 두는 것이 좋습니다. 매주 새로운 기획을 떠올리기란 무척 어려운 데다 준비 기간이 긴 기획도 있으니까요.

영상 기획은 앞서 말한 채널 전체의 콘셉트로부터 자연스럽게 도출되는 경우가 많습니다. 앞서 예시로 들었던 채널 기획, 그러니까 책 초보자의 채널이라든지 베스트셀러 전문 채널 등의 기획을 떠올려 보면 좋을 것입니다. 채널 콘셉트와 영상 기획은 서로가 서로를 낳고 보완하는 관계입니다. 이는 북튜브 뿐만이 아니라 모든 유튜브 채널에 적용할 수 있는 이야기입니다. 꼭 모든 영상이 채널 콘셉트를 따라갈 필요는 없지만 따라가기를 권합니다.

자신이 지향하는 바를 잘 보여 주면서도 조회 수를 어느 정도 확보할 수 있는 기획이 제일 좋습니다. 물론 말이 쉽지 실천하기는 어렵습니다. 저도 매주 고민하는 지점입니다. 확고한 방향성을 지니면서도 확장성을 함께 가지려면 어떻게 해야 할지, 즉 책을 즐기는 독자와 책에 관심이 비교적 적은 비독자 모두를 어떻게 만족시킬지가 저의 주된 고민입니다. 게다가 이 년여의 시간을 거치면서 겨울서점에는 독자이면서 겨울서점의 책 추천을 좋아하는 구독자, 독자이면서 책 추천보다는 다른 영상을 즐겨 보는 구독자, 비독자이긴 하지만 책 추천 영상을 좋아하는 구독자, 비독자이면서 재미있는 영상만 즐겨 보는 구독자 등의 여러 그룹이 생겨났습니다. 그 사이에서 어떻게 균형을 잡고 잘 나아가느냐가 겨울서점의 과제입니다.

영상 기획 과정에서 제가 고민하는 또 하나의 문제는 '어디까지 준비하느냐'는 것입니다. 여러 기획 중 책을 소개하는 영상을 찍기로 결정하면 그때부터 그 책만 읽을 것인지 추가 도서를 참고할 것인지, 참고한다면 어디까지 참고할 것인지를 고민합니다. 필요하다고 판단되면 소개하는 책과 관련 있는 다른 책이나 기사, 논문 등을 찾아봅니다. 저자의 다른 글을 찾아 읽을 때도 있습니다. 작가 인터뷰를 할 때는 반드시 그 작가의 작품을 최소한 두 편 이상 읽고 질문을 준비하는 것이 저의 원칙입니다. 전문가는 아니지만 내용이 탄탄한 좋은 콘텐츠를 만들기 위해 노력할 수는 있으니까요.

그러니까 영상 기획은 단순히 주제만을 정하는 과정이 아닙니다. 영상 전체의 분위기와 편집 방식, 내용 전체를 아우르는 과정입니다. 화면에는 무엇이 들어갈지, 화면의 톤과 분위기는 어떻게 잡을지, 어떤 내용을 어떤 방식으로 전달할지, 편집은 어떤 호흡으로 할 것이고 어떤 자료를 참고할지, 이 영상이 채널 전체에서 어떤 위치를 차지할지를 총체적으로 고민하는 과정입니다.

따라서 단순히 주제만으로 균형을 잡는 것이 아니라 영상의 다른 요소로 균형을 잡을 가능성에 대해서도 다각도로 생각하는 것이 좋습니다. 지루한 주제를 선택했으나 두 사람이 재미있게 떠드는 방식을 택하고 마치 예능 프로그램과 같은 편집 방식을 택한다면 전체적으로는 나름의 균형이 만들어집니다. 아주 흥미로운 주제를 택하고 동시에 영상의 분위기를 세련되게 만들 수도, 일부러 촌스럽게 만들어 포인트를 줄 수도 있겠습니다. 여러 가지 요소를 결합하고 균형 잡는 방식은 다양합니다. 앞서 그토록 유튜브를 많이 보라고 권유한 이유는 풍부한 시청 경험이 자연스럽게 기획 단계에서부터 반영되기 때문입니다.

한번 떠올려 봅시다. 어떤 영상을 만들 건가요? 주제

책은 무엇인가요? 왜 그 책을 골랐나요? 책 내용 중 어떤 내용을 전달할 것인가요? 그 이야기를 흥미롭게 전달하려면 어떻게 해야 할까요?

이 질문들에 답을 내렸다면 이제 구체적인 제작 방안을 생각해야 합니다. 저는 거의 모든 영상을 촬영하기 전 촬영 대본을 씁니다. 유튜버에 따라 모든 문장을 쓰는 경우도 있고 간단히 개요를 쓰는 경우도 있습니다. 저는 주로 개요를 쓰는 편입니다. 영상 전체의 내용을 정리하면서 완성된 영상의 대략적인 이미지를 그립니다. 이때 재미있는 편집이나 자막이 생각나면 대본에 함께 적어 둡니다. 이렇게 하면 촬영도 편집도 훨씬 수월합니다. 다 찍고 나서 편집으로 수습하려면 시간과 품이 배로 들거든요. 물론 그렇게 해서 재미있는 영상이 나오는 경우도 있습니다만, 저는 이미 책을 읽는 사전 준비 단계에 많은 시간을 쓰기 때문에 이후의 과정을 효율적으로 진행하려고 하는 편입니다.

대개 처음 만드는 영상은 한 대의 카메라로 찍을 수 있는 기획을 바탕으로 하게 됩니다. 영상 제작을 배운 적이 있다면 몰라도 경험이 없는 상태에서 그보다 복잡한 영상을 기획하기는 어려우니까요. 화면을 보고 이야기하는 영상이든 카메라를 들고 돌아다니는 영상이든 한 대로 찍는 영상은 비교적 제작하기 쉽습니다.

여기서 약간 경험이 쌓이고 욕심을 내면 두 대 이상의

앵글로 영상을 만듭니다. 그럴 경우 기획 단계에서 고려해야 할 사항이 조금 늘어납니다. 어느 카메라를 어느 앵글로 찍을 것인지, 두 카메라는 각각 어떻게 제어할 것인지, 사운드는 어떻게 넣을 것인지와 같은 고민이 추가되는 것입니다. 전체 영상 구성도 약간은 복잡해지겠죠. 동시에 여러 대로 찍을 수도 있고 다른 시점에 찍은 영상을 교차편집할 수도 있습니다. 간단히 스토리보드를 만들면 진행하기 좋겠죠. 이 정도의 욕심이 나기 시작하면 슬슬 전문적인 영상 제작 방법을 공부하는 게 도움이 됩니다. 아니면 아예 촬영과 편집을 맡을 전문가를 고용할 수도 있겠습니다. 카메라맨과 편집자를 구했다면 기획 단계에서부터 이야기를 나누는 편이 효율적인 진행에 좋습니다('감'이 좋은 유튜버라면 다른 좋은 영상을 많이 보는 것만으로도 많은 것을 배우고 익힐 수 있습니다).

나름대로 쉽게 정리해 보았습니다만 기획은 어려운 일입니다. 유튜브 채널을 성장시키고 싶다면 내가 하고 싶은 것도 중요하지만 사람들이 보고 싶어 하는 걸 보여주는 것도 중요합니다. 그리고 그 두 가지를 동시에 충족시키는 기획을 떠올리기란 정말 어렵습니다. 게다가 북튜브 채널에서는 반복해서 말씀드렸듯 '책을 어떻게 영상에 이식시킬 것인가'가 매우 중요한 기획 포인트입니다. 저는 하나의 영상에서 결판을 보겠다는 생각보다는 여러 영상을 쌓아 나가면서 시행착오를 거치고 영상 하나보다 채널 전체에 쌓이는 분위기를 보고 가겠다는 생각으로 접근했습니다. 그러면 새로운 시도를 할 때 부담이 적더라고요.

꽤 많은 유튜버가 정신적으로 힘든 시기를 지납니다. 유튜버는 그야말로 매주 숫자로 평가받는 직업이기 때문입니다. 많은 유튜버가 영상의 초동 조회 수가 나오지 않으면 곧잘 우울해하고 좋아요 수와 댓글 내용에도 민감하게 반응합니다. 그러면서 점점 높은 숫자를 뽑아낼 수 있는 기획을 떠올리려고 노력합니다. 그 과정에서 무리수를 두는 경우도 있고요. 그러고는 또 후회하기도 합니다. 자극적인 기획에는 응당 부정적인 피드백이 함께 따라오니까요. 어느 선에서 만족할지, 내 채널이 어떤 가치를 지향하는지, 내가 무엇을 좋아하고 왜 유튜브를 하는지를 끊임없이 묻지 않으면 정신이 소모되는 것은 시간문제입니다. 특히 채널을 개설한 초반에는 더욱 마음을 다잡아야 합니다. 기획으로는 여러 가지 시도를 해 보면서도 동시에 방향은 흔들리지 않도록 스스로를 잘 다독이기를 권합니다.

촬영하고 촬영하기

자, 영상 내용과 콘셉트도 정하고 찍는 방법까지 정했으니 이제 찍으면 됩니다. 기획 과정에서 생각한 대로 카메라와 조명 등을 설치하고 녹화 버튼을 누릅니다. 녹음기를 사용한다면 녹음 버튼도 누르고 편집할 때 영상과 음향의 싱크를 맞추기 위해 박수를 칩니다(가끔 텔레비전 프로그램에서 "하나, 둘, 셋"을 외치고 손뼉을 치는 것은 여러 영상과 음향의 싱크를 맞추기 위함입니다). 그리고 준비한 이야기를 합니다.

처음에는 혼자 카메라 렌즈를 보고 무슨 말을 한다는 게 그렇게 어색할 수가 없습니다. 그래서 많은 초보 유튜버가 카메라에 달린 화면을 보면서 이야기를 하죠. 그러면 시청자는 유튜버가 내내 자기를 바라보지 않고 옆을 보고 있어서 눈을 맞추고 이야기한다는 느낌을 받기가 어렵습니다. 그렇게 이야기를 하더라도 달변이라면 별로 상관이 없겠지만 보통은 긴장되어서 말도 잘 나오지 않습니다. 괜찮습니다. 처음엔 다 그러니까요. 조금씩 노력하면 됩니다.

일단 렌즈를 보는 연습을 하면 좋겠습니다. 렌즈를 보기 힘들어하는 사람에게는 보통 렌즈 바로 위에 작은 스티커를 붙여 놓고 그 스티커를 보는 연습을 하라고 합니다. 그러다 보면 나중에는 자연스럽게 렌즈 중간을 바라볼 수 있게 된다고 합니다. 저는 그냥 처음부터 렌즈 한가운데를 보려고 노력했습니다. 처음엔 어색했는데 나중에는 오히려 직업병이 되어서 어딜 가든 렌즈를 바라보는, 참으로 민망한 습관이 생기고 말았습니다.

말을 깔끔하게 하는 것도 연습합시다. 발음을 최대한 깔끔하게 하기를 권합니다. 문장도 길게 늘어진 비문보다는 잘 정리된 쪽이 좋습니다. 유창하게 말하기가 어렵다면 아예 문장형 대본을 다 쓰고 한 문장씩 숙지해서 천천히 녹화해도 됩니다. 스피킹 강사가 되려는 게 아니니 부담 가지지 마세요. 시청자에게 문장을 정확하게 전달하는 게 우리의 목표입니다.

좋은 기회를 얻어 유튜브 강연을 할 일이 몇 번 있었습니다. 그런 자리에서 제가 가장 많이 본 초보 유튜버의 촬영상 실수는 '시청자를 배려하지 않는 것'이었습니다. 물론 찍는 것이야 찍는 사람의 자유입니다만 혼자만의 보람에서 그치지 않고 채널을 성장시키고 싶다면 시청자가 보기에 좋은 영상을 만들어야 합니다. 어떤 장르의 영상을 만들든 마찬가지입니다. 보여 주고 싶은 걸 찍는 게 아니라 시청자가 영상에 참여할 수 있게 해야 합니다. 여기에서 '참여'란 영상에 나타난 정보를 무리 없이 받아들이는 상태라고 이해하면 됩니다. 영상을 보면서 '저게 뭐지? 뭘 하는 거지? 내가 뭘 보는 거지?'

라는 생각을 하지 않도록 촬영하는 것입니다. 누가 어디서 무엇을 하는 것인지를 잘 알려 줄 수 있도록 촬영하면 좋겠습니다.

촬영한 사람이 편집을 하면 전체 촬영 과정이 조금 수월해집니다. 찍으면서 '아, 이 부분은 나중에 이렇게 편집해야지' 하는 생각이 드니까요. 편집점을 잡는 습관도 생기고 꼭 필요한 장면이 무엇인지 알게 되어 쓸데없는 컷은 찍지 않게 됩니다. 채널 개설 때부터 편집자를 고용하는 경우 이 습관이 자리를 잡는 데 시간이 조금 더 걸립니다. 조금 힘들어도 처음에는 컷 편집 정도는 본인이 하는 쪽을 권합니다. 효율적인 촬영을 위해서라도 말입니다.

편집하고 편집하고 편집하고 쓰러지기

영상에 마지막으로 생명을 불어넣는 것은 편집입니다. 전달하고자 하는 바를 더 효과적이면서도 재미있게 전달하기 위한 필수 과정입니다. 저를 포함한 많은 유튜버가 영상 편집 전문가가 아니기 때문에 각자가 할 수 있는 선에서 직접 편집을 하거나 아예 전문 편집자를 고용합니다. 저는 유튜브를 시작한 이래 거의 모든 영상을 직접 편집했습니다. 비록 편집 실력은 부족할지라도 제가 생각하는 영상의 분위기와 방향을 직접 구현하고, 구현된 결과물을 보며 바로 수정을 하고 싶었기 때문입니다.

앞서 장비 부분에서 이야기했듯 유튜버가 가장 많이 사용하는 편집 프로그램은 두 가지입니다. '어도비프리미어'와 '파이널컷프로'. '소니베가스'를 사용하는 유튜버도 있고 모션그래픽●을 더하기 위해 '어도비애프터이펙트'나 '모션'처럼 조금 더 전문적인 프로그램을 추가로 사용하는 경우도 있습니다. 영상에 더 다양한 효과를 줄 수 있는 프로그램들입니다.

이런 프로그램이 부담스럽게 느껴진다면 앞서도 이야기했듯 간단한 편집 프로그램으로 시작해도 괜찮습니다. 컴퓨터에서 사용할 수 있는 무료 프로그램도 많

● 사진 또는 그림에 효과를 주어 움직이게 만든 그래픽.

고 요새는 핸드폰과 태블릿 PC용 애플리케이션도 많이 나와 있습니다. 대개 컷 편집과 전환 효과, 텍스트 입력 등의 기본 기능을 갖추고 있습니다.

편집 과정은 유튜버마다 조금씩 다릅니다. 저는 컬러 코렉션color correction●● 과 컷 편집부터 시작합니다. 찍은 영상을 죽 늘어놓고 LUT(Look Up Table)와 필터 등을 통해 영상의 전반적인 색감을 잡은 후, 처음부터 보면서 필요 없는 부분을 덜어냅니다. 이 과정에서 전체 분량을 대략 가늠하고 굵직한 줄기를 잡고 앞으로의 편집 과정에서 어디를 어떻게 강조하고 어떻게 활용할지 확인합니다. 저는 말과 말 사이의 호흡이 길지 않은 편을 선호해 사운드가 비는 부분을 어색하지 않은 선에서 최대한 자릅니다. 여러 대의 카메라로 동시에 촬영한 경우, 파이널컷에는 여러 대의 앵글을 동시에 보며 편집할 수 있는 기능이 있습니다. 방송국 편집실에서처럼 여러 영상을 한꺼번에 보면서 컷 편집을 하고 필요한 부분마다 앵글을 바꿔 줍니다. 동시에 촬영한 것이 아니라면 스토리보드대로 영상을 배열하는 과정도 필요합니다.

전체적인 컷 편집이 끝나면 다시 처음부터 보면서 섬세한 편집을 합니다. 클로즈업할 부분, 패닝을 할 부분, 인터넷 밈meme을 넣을 부분, 비가 오는 효과를 넣거나 폭죽 효과를 넣을 부분, 자료 화면을 넣을 부분 등 컷 편집을 하면서 봐 두었던 부분에 여러 조미료 같은 요소를

●● 비디오 필름이나 디지털 이미지의 색을 조정하는 데 쓰는 일련의 기술 또는 조정하는 작업.

첨가합니다. 첫 번째 컷 편집에서 놓친 부분이 있다면 좀 더 세심하게 편집을 추가하기도 합니다. 이제 전체 영상이 거의 완성되었습니다.

후반 작업을 추가합니다. 자막과 배경 음악, 효과음 등을 넣는 과정입니다. 저는 자막의 절반 정도를 파이널컷으로, 나머지 절반을 '뱁션'으로 작업합니다. 큰 타이틀, 인용문, 사이드바 등은 파이널컷으로 넣고 자주 나오는 구체적인 자막은 뱁션으로 넣습니다. 윈도 사용자라면 이런 번거로운 과정을 거치지 않고 뱁션의 자막 기능을 포함하고 있는 '뱁믹스'라는 편집 프로그램을 쓸 수도 있겠지만 저는 매킨토시 사용자라 어쩔 수 없이 이런 방법을 택했습니다. 앞으로는 또 다른 방법으로 자막 작업을 할 수도 있을 겁니다. 채널 초반만 해도 모든 자막을 전부 파이널컷으로 소화했고 지금도 가끔 그렇게 합니다.

배경 음악은 유튜브 크리에이터 스튜디오에 올라 있는 무료 음원을 사용합니다. 저는 주로 스윙재즈 내지는 블루스 장르의 배경 음악을 많이 쓰는 편입니다. 그런 음악은 마치 분위기 좋은 카페에 온 것 같은 느낌을 줍니다. 그 외에도 배경 음악은 텔레비전의 예능 프로그램에서처럼 개그의 요소로도 쓸 수 있습니다. 많은 유튜버가 배경 음악을 활용해 영상의 웃음 포인트를 만들어 냅니다. 가령 슬픈 장면에 「인생극장」의 배경 음악을 쓰는 식으로 말입니다.

효과음은 특정 장면과 자막을 살리기 위해 자주 씁니다. 유튜브에서는 자막에 따라 적절한 효과음을 넣는 것이 일종의 문법이 되어서 많은 유튜버가 효과음을 사용합니다. 물론 필수 요소는 아닙니다. 하지만 즐겨 보는 채널의 영상에서 효과음을 어떻게 사용하는지 한번쯤은 관찰해 볼 필요가 있습니다. 평소에는 인지하지 못했던 소리가 자막과 어떻게 함께 쓰이는지를 파악할 수 있을 것입니다.

이 과정에서 반드시 기억해야 할 점이 있는데, 음원이나 폰트를 사용할 때는 반드시 저작권을 확인해야 한다는 점입니다. 음원의 경우 유튜브에서 제공하는 음원을 쓰거나 상업적 사용이 가능한 음원을 제공하는 사이트에서 다운로드 받아야 합니다. 음원은 저작권 신고가 거의 사용하는 즉시 이뤄지므로 상업적 사용이 불가능한 음원을 사용할 경우에는 해당 영상으로 수익 창출이 불가능해집니다. 최악의 경우 저작권 위반 경고가 누적되어 영상이 삭제되거나 채널이 삭제될 수 있습니다. 자막에 사용하는 폰트 역시 상업적 사용이 허용된 폰트여야 합니다. 무료 폰트라고 할지라도 상업적 사용이 불가능하다고 명시된 경우가 있습니다. 그런 폰트를 유튜브 영상에 사용하면 법적 분쟁에 휘말릴 수 있으므로 반드시 확인 절차를 거쳐야 합니다.

전체 편집 과정에서 제가 가장 신경 쓰는 지점은 영상의 호흡과 디자인입니다. 시청자가 되도록 오랫동안 영상을 볼 수 있도록 편집 호흡에 신경을 쓰고, 제가 한 말의 내용이 명확하게 전달되도록 비문을 최소화합니다. 책 표지에 쓰인 색과 폰트에 맞추어 영상 전체의 컬러 칩을 결정하고 최대한 비슷한 느낌을 주는 폰트를 고릅니다. 거기에 겨울서점 채널 분위기를 유지하기 위해 제가 평소에 자주 쓰는 깔끔한 색과 폰트 등을 조합합니다. 뱁션에서는 고를 수 있는 디자인이 한정적이라 최대한 비슷한 색감으로 디자인된 자막을 고르는데, 한계가 있지만 일단은 타협하며 쓰고 있습니다.

이런 모든 요소가 하나하나 모여 겨울서점이라는 채널의 분위기를 만듭니다. 각 요소들을 하나의 목표 아래 일일이 정립했다기보다는 제가 보고 싶은 영상을 만드는 과정에서 자연스럽게 이런 모습이 나왔다고 말하는 쪽이 맞겠습니다. 저는 제가 원하는 분위기의 영상을 만들고 싶었고 그래서 이렇게 편집하게 되었습니다. 저와 다른 영상을 만드는 유튜버는 또 다른 순서와 재료를 가지고 편집을 할 것입니다. 여러분도 원하는 영상의 모습을 떠올리고, 거기에 맞는 효율적인 플로차트를 생각해 보면 좋겠습니다.

영상 올리기

영상을 만들었다고 끝이 아닙니다. 만든 것을 업로드하려면 제목과 섬네일, 태그 등을 정해야 합니다. 사람들에게 이 영상이 어떤 영상인지를 알려 주어야 하니까요. 이 과정은 말하자면 책의 제목과 표지를 정하는 것과 비슷합니다. 책과 마찬가지로 영상 내용을 잘 전달하면서도 사람들에게 흥미를 끌 만한 제목과 섬네일을 만드는 것이 좋습니다. 초보 유튜버에게는 검색에 잘 노출될 수 있는 단어를 사용해 제목을 지으라고 권하기도 하는데, 저는 검색에 걸리는 것을 목표로 삼지는 않기 때문에 그런 제목보다는 영상의 내용에 맞는 제목을 짓는 데 목표를 둡니다.

섬네일을 직접 만들지 않으면 자동으로 영상 속 한 장면이 대표 이미지가 됩니다. 그러면 웬만한 경우가 아닌 이상 눈길을 끌기 어렵고, 이후에 다시 섬네일을 만들어 그 이미지를 대체하려면 귀찮고 복잡한 과정을 거쳐야 합니다.

겨울서점의 섬네일에는 제 얼굴이 주로 들어가는 편인데요, 영상에 제가 직접 등장하기 때문에 이를 알리려는 의도입니다. 완성된 영상 중 한 장면을 캡처해서 만들기도 하고 촬영할 때 아예 섬네일용 컷을 찍어 두기도 합니다. 포토샵을 이용하여 이미지 위에 영상을 설명하는 문구를 씁니다. 책 혹은 영상 제목과 같게 할 수도 있지만 섬네일도 하나의 정보이기 때문에 제목과 상호 보완적인 내용을 쓰기도 하고 가끔 제목으로 농담을 쓰고 싶을 때는 섬네일에 대신 넣기도 합니다.

저는 비교적 간단하게 만드는 편이지만 많은 유튜버가 섬네일에 공을 들입니다. 영상에 등장하는 유튜버의 '누끼를 따서'(사진에서 원하는 부분의 가장자리를 선택해 분리해 내는 과정을 이렇게 부릅니다) 다른 사진이나 배경과 합성을 하기도 하고, 누끼 딴 이미지에 테두리를 아주 두껍게 넣기도 합니다. 눈길을 끌 만한 멘트를 쓰기도 하고요. 섬네일 역시 채널의 디자인적인 요소가 되므로 신경을 쓰는 쪽이 좋습니다. 비유하자면 유튜브 채널은 책장, 섬네일은 진열된 책 표지라고 할 수 있습니다.

영어로는 '클릭베이트'clickbait(클릭 낚시), 한국어로는 대개 '어그로'라고 부르는 자극적인 제목과 섬네일을 사용할 때는 주의를 기울여야 합니다. 영상을 클릭한 사람이 제목과 섬네일에서 기대한 바를 충족한다고 느껴야 하기 때문입니다. 그런데 충족을 해도 문제인 것이 그런 자극적인 영상으로 인기를 끌기 시작하면 자극적이지 않은 영상을 올리기가 힘들어집니다. 시청자는 그런 자극을 원해 구독을 한 것이니까요. 그렇게 되면 채널 전체의 이미지 메이킹을 하기도 어려워질 수 있습니다. 이런 전반적인 점을 고려해 영상 제목과 섬네일의 콘셉트와 방향을 정하기를 권합니다.

그렇게 제목과 섬네일까지 정하고 나면 이제 드디어 업로드의 순간입니다. 그동안의 노력! 고난! 사투! 이 결실을 사람들에게 공개할 차례입니다. 유튜브에 들어가 오른쪽 위의 업로드 버튼을 누르고 동영상을 업로드합니다. 제목과 섬네일을 넣고 영상 설명란에 간단한 설명을 덧붙입니다. 태그 자리에는 영상과 관련된 단어들을 쓰면 됩니다. 책 추천이라면 책, 도서, 책 제목 등 여러 단어가 있겠습니다. 동영상이 업로드된 직후 화질 개선의 시간이 필요하기 때문에 이왕이면 곧바로 업로드하기보다는 예약을 걸어 두는 쪽을 권합니다. 영상이 올라가는 요일이나 시간대를 정하면 더 좋습니다. 주기가 정해지면 영상이 유튜브 첫 화면에 추천되지 않더라도 구독자들이 의식적으로 찾아보기 쉬우니까요. '오늘 화요일이니까 겨울서점 영상 올라왔겠지?' 하는 식으로요.

영상 업로드 후 처리까지 완료되었나요? 축하합니다. 우리는 유튜브를 시작했습니다.

피드백 확인하기

첫 영상은 아마 많은 사람에게 노출되기 어려울 것입니다. 이에 대한 대응은 크게 두 가지로 나눌 수 있습니다. 주변 사람에게 구독하라며 주소를 보내거나 부끄러우니 절대 말하지 않고 버티거나. 저는 전자의 사람이었습니다. 최소한의 숫자를 확보하고 싶었기 때문입니다. 열심히 만든 영상, 자랑도 좀 하고 싶었고요. 주변에 말해 두면 앞으로 제가 꽤 열심히 할 것 같기도 했습니다. 조금 민망했지만 제가 속한 모든 단톡방에 주소를 올렸고 친한 모든 친구에게 구독을 시켰습니다. 지금도 그건 좋은 선택이었다고 생각합니다. 운이 좋으면 앞으로 더 많은 사람이 보게 될 텐데 벌써 부끄러워하면 나중에는 어떡하겠어요. 하지만 자리를 잡기 전까지 말하고 싶지 않아 하는 마음도 충분히 이해합니다. 저도 말을 할지 말지 고민했고 동네방네 소문내고 다니는 건 정말 쑥스러웠거든요.

어쨌든 첫 영상의 조회 수는 신경이 쓰이는 게 사실입니다. 구독자 수도 그렇고요. 한 명 한 명 늘어날 때마다 어찌나 신기하고 기쁘던지요. 반대로 도통 아무도 보지 않고 구독자도 늘지 않으면 마음이 초조해집니다. 처음이라 그렇겠거니 하면서도 내심 기대했던 바가 있으니까요. 그래도 일단 영상을 성공적으로 올렸다는 데에서 보람을 느껴 보면 좋겠습니다.

채널이 성장하면서부터는 피드백을 받기 시작합니다. 가장 눈에 잘 들어오는 피드백은 조회 수와 좋아요 수 그리고 댓글입니다. 간단히 올린 영상이 화제가 되어 수십만 조회 수를 기록하는 경우도 있지만 북튜브가 그럴 가능성이 얼마나 될지는 잘 모르겠습니다. 그런 '대박'을 기대하기보다는 천천히 늘더라도 충실히 늘기를 바라는 쪽이 나중에도 좋습니다. 어떤 채널이든 충실히 영상을 쌓다 보면 구독자도 조회 수도 분명히 늘어납니다. 정말 중요한 것은 당장의 조회 수보다 내실입니다.

무엇이 '내실'일까요? 앞서 채널의 콘셉트에 관해 이야기했습니다. 채널 콘셉트를 어떻게 잡았느냐에 따라 확인해야 할 내실도 조금씩 달라집니다. 먼저 베스트셀러 전문 채널의 경우 화제성 있는 책을 다루는 만큼 검색 유입을 기대해 볼 수 있습니다. 그렇다면 책 제목 검색을 통해서 채널에 방문하는 사람 수가 얼마인지 확인하고 잡은 모형이 지속 가능한지 타진해 볼 수 있습니다. 수치를 확인하려면 유튜브 내 크리에이터 스튜디오의 분석에 들어가서 트래픽 소스를 살펴보면 됩니다. 그러면 지난 28일간 시청자들이 어떤 경로를 통해 이 채널의 영상을 시청하게 되었는지 알 수 있습니다.

표에서 'YouTube 검색'을 클릭하면 정확히 사람들이 어떤 검색어를 입력했는지도 확인할 수 있습니다(상위 500개만 보여 주지만 그것으로도 충분합니다). 겨울서점의 경우 검색 유입 중에서 '겨울서점'이라는 검색어가 차지하는 비중이 압도적으로 큽니다. 비교적 하위에 있는 검색어에도 '겨울서점'이라는 단어가 포함된 경우가 많고요. 그 말은 사람들이 '겨울서점'이라는 채널 이름을 알고 있는 상태에서 채널을 검색해 영상을 본다는 뜻입니다. 베스트셀러를 많이 다루지 않고 저의 취향과 정체성을 드러내는 채널의 특성이 그대로 드러납니다.

채널의 타깃층을 확인하기 위해서는 분석에서 인구통계를 선택하면 됩니다. 영상을 시청하는 사람의 주된 나이대와 성별을 확인할 수 있습니다. 겨울서점은 20~30대 여성에게 가장 많은 사랑을 받는 편입니다. 전체 도서 시장과 유사한 형태를 보인다고 할 수 있습니다. 동화책을 다루는 채널이라면 40대 이상이 높을 수 있습니다. 아이가 부모의 계정으로 접속해 구독하는 경우가 많기 때문입니다.

유튜브에서 2018년 즈음부터 제공하는 노출 수와 노출클릭률CTR도 유용한 지표입니다. 노출 수는 자신의 영상이 유튜브 홈 피드와 추천 동영상 목록에 노출된 횟수고 노출클릭률은 클릭당 비율Click Through Ratio로, 노출이 클릭으로 이어진 비율을 의미합니다. 영상의 제목과 섬네일이 얼마나 매력적인지를 가늠해 볼 수 있는 지표입니다. 앞서 말한 독서 초보자 콘셉트라면 실제 이 콘셉트가 얼마나 매력적인지 확인하기 위해 노출클릭률을 유심히 지켜볼 필요가 있겠습니다.

분석의 여러 통계 중 평균 시청 지속 시간도 중요합니다. 매력적인 영상일수록 사람들이 오랫동안 보기 마련이니까요. 시청 지속 시간이 길다면 성장 잠재력이 높은 채널이라고 봐도 좋습니다. 반면 조회 수는 아주 높은데 조회율(유튜브에서는 한 영상을 끝까지 본 사람의 비율을 나타낼 때 '조회율'이라는 단어를 사용합니다)과 시청 지속 시간이 짧다면 채널의 방향성을 고민해 볼 필요가 있습니다. 평균 시청 지속 시간과 조회율을 꼭 확인하기 바랍니다. 각 영상의 조회율을 보면 사람들이 이 영상을 어디까지 보고 끄는지, 얼마나 많은 사람이 영상을 끝까지 봤는지를 확인할 수 있습니다. 무려 영상의 분초별로 매 순간 조회율이 어떻게 떨어지는지를 보여 주거든요.

통계에서 주의해서 봐야 할 지점은 단위입니다. 조회 수가 아닌 시청 시간(분)을 기본 기준으로 하여 통계를 보여 줍니다. 앞서 말한 검색 유입이나 채널 타깃 역시 시청 시간을 기준으로 합니다. 조회 수보다 시청 시간이 유의미한 통계라서 이를 기본으로 보여 주는 것 같습니다. 각 통계 페이지에서 조회 수 기준으로도 통계를 볼 수 있습니다.

그 외에도 분석에서는 아주 많은 통계를 제공합니다. 내 영상을 구독자가 많이 보는지 비구독자가 많이 보는지, 정확히 어떤 영상이 사람들을 끌어모으고 있는지 혹은 떠나보내고 있는지, 어느 국가에서 재생수가 높은지, 내가 걸어둔 최종 화면을 얼마나 많이 클릭하는지, 어떤 기기로 내 영상을 보는지 등등. 잔인하리만치 철저하게 분석된 통계를 보고 있으면 신기하기도 하고 무섭기도 합니다. 잘 활용할 수만 있다면 통계를 바탕으로 채널 성장 전략을 세울 수도 있습니다만, 저는 제 채널의 정체성을 잘 알고 있고 이전까지의 통계를 지켜보면서 그 정체성이 잘 정립되었다는 것을 알고 있어서 지금은 매 영상마다 확인하기보다는 필요한 때에 적절히 활용하고 있습니다.

생방송으로 대화하기

저는 생방송을 좋아합니다. 가장 라디오 같은 느낌이 나거든요. 어린 시절부터 라디오를 듣고 자라서 그런지 라디오의 따뜻한 분위기를 사람들과 나누고 싶은 마음이 있습니다. 그래서 자주는 아니지만 최소한 한 달에 한 번 정도는 유튜브 실시간 스트리밍을 진행합니다.

생방송 프로그램에는 여러 가지가 있습니다. 유튜브 크리에이터 스튜디오에 들어가면 실시간 스트리밍을 할 수 있는 기능이 있습니다. 컴퓨터에 웹캠과 마이크가 연결된 상태일 때, 그 기능을 활성화시키면 화면에 그 장비가 나타나고 별도의 프로그램 없이 생방송을 시작할 수 있습니다. 그것만으로도 충분하지만 보통 많은 유튜버가 별도의 프로그램을 사용합니다. 'OBS'와 'XSplit'이 대표적인 프로그램입니다. 작동 방식은 두 프로그램이 거의 같습니다. 화면에 넣을 요소, 이를테면 채팅창이나 로고 등의 요소를 직접 배치할 수 있고 마이크 설정도 조금 더 구체적으로 할 수 있습니다. 프로그램으로 방송을 켜려면 유튜브 크리에이터 스튜디오에서 스트림키•를 복사해 프로그램 설정에 입력하면 됩니다.

매일 같은 시간에 생방송을 진행하는 사람도 있지만,

• 유튜브 크리에이터로 본인 인증을 한 사람만 자기 채널로 스트리밍을 할 수 있게 설정해 놓은 일종의 암호.

저는 매주 정기적으로 올리는 편집 영상에 집중하는 편이라 생방송은 가끔만 진행합니다. 역설적이게도 매일 생방송을 하는 사람은 특별한 주제가 없어도 자연스럽게 방송을 진행할 수 있지만 가끔 생방송을 진행하는 경우에는 주제가 있는 편이 방송하기에 좋습니다. 특히 초보자라면 더 그렇습니다. 생방송의 흐름이 끊기지 않게끔 재미있게 이야기를 이끌어 가는 일은 생각보다 쉽지 않습니다. 말을 잘하는 성격을 타고났다면 상관없지만 그렇지 않다면 주제를 정해 그 주제에 집중하며 사람들과 소통하는 쪽이 좋을 것입니다.

생방송에서는 긴장을 많이 해야 합니다. 한 번 흘린 말을 주워 담을 수 없으니까요. 저도 꽤 많은 방송을 진행했지만 생방송 때는 여전히 긴장합니다. 물론 끝난 후에 영상을 내릴 수 있고 수습할 방법은 늘 있지만 그래도 혹시나 하는 마음으로요. 앞으로도 이 긴장을 잃지 않으며 수백 명의 사람들의 시간을 따뜻하고 재미있게 채우고 싶습니다.

5 북튜버가 되고 나니

북튜버는 돈을 벌 수 있나요

결론부터 말하면 유튜브 자체 수익만으로는 돈을 벌기 힘듭니다. 적어도 저의 경우에는 그런데, 아마 다른 채널들도 차이가 크지는 않으리라 예상합니다. 시장 규모를 고려해 보면 당연한 일이지 않을까요. 가까운 예로 영화를 떠올려 봅시다. 대부분의 사람들은 최근 개봉한 영화가 재미있는지는 궁금해해도 최근 나온 책이 재미있는지는 궁금해하지 않습니다. 시간이 날 때, 데이트할 때, 심심할 때, 피곤할 때 책을 읽는 사람보다 영화 한 편 보러 가는 사람들이 훨씬 많지요. 2017년 통계에 따르면 성인 열 명 중 일 년 동안 책을 한 권도 읽지 않는 사람이 여섯 명입니다. 나머지 네 명 중에서도 열정적으로 책을 읽는 사람은 한두 명 정도일까요. 게다가 개봉하는 영화의 수보다 출간되는 책의 수가 훨씬 많습니다. 그러니 영화의 '대박' 기준은 천만 명이고 책의 '대박' 기준은 (넉넉하게 잡아) 백만 부가 되는 것이겠지요.

결론을 이야기했으니 조금 자세한 이야기로 들어가겠습니다. 일단 유튜브에서 돈을 벌기 위해서는 최소한의 조건을 충족해야 합니다. 최소한의 조건이란 구독자 수 1천 명, 시청시간 4천 시간입니다. 둘 모두를 충족해야 하므로 꽤 어렵습니다. 채널에 정기적으로 방문할 의사가 있는 사람이 천 명을 넘어야 하고, 사람들이 실제로 시청한 시간의 총합이 4천 시간, 즉 24만 분을 넘겨야 합니다. 10분짜리 영상 열 개를 올렸다면, 적어도 2천4백 명이 그 열 개의 영상 모두를 처음부터 끝까지 봐야 합니다. 이 허들을 넘으면 유튜브에 수익 창출 요청을 할 수 있습니다. 요청이 승인되기까지 시간이 조금 걸리는 편입니다. 그 과정을 모두 거치면 드디어 수익을 창출할 수 있게 됩니다.

그럼 유튜브라는 회사는 어떻게 돈을 벌고 어떤 방식으로 나눠 주는 걸까요? 여러분이 유튜브 프리미엄 서비스를 이용하지 않는 한, 영상을 보면 시작 전 광고가 붙어 있을 것입니다. 대개 5초가 지나면 건너뛸 수 있게 되어 있습니다. 마치 텔레비전 방송국에서 광고를 받아 프로그램 전에 내보내는 것처럼 유튜브도 영상을 보여 주기 전에 광고를 틀어 주는 것입니다. 시청자가 광고를 건너뛰지 않고 충분히 오랜 시간 보면 유튜브와 유튜버에게 광고 수익이 돌아갑니다. 혹은 영상 중간의 결정적인 부분에 광고를 삽입할 수도 있습니다. 그리고 영상이 다시 시작되면 영상 아래쪽에 작은 배너 광고가 뜹니다. '오버레이overlay 광고'라고 부릅니다. 또 하나, '스폰서 카드'라고 해서 영상 화면 오른쪽 위의 i 카드가 표시되는 부분에 띄우는 광고가 있습니다. 영상 피드들 사이로도 광고 영상이 한두 개 정도씩 들어가죠. 모두 광고비가 책정됩니다. 유튜브가 광고주에게 광고비를 받아 유튜버에게 나눠 주는 시스템이라고 생각하면 이해가 빠를 것입니다.

광고는 유튜버가 직접 고르는 것이 아니라 시청자의 국적, 나이, 성별, 관심 분야 등에 의해 자동으로 배당됩니다. 유난히 자주 뜨는 광고는 많은 이에게 질타의 대상이 되곤 합니다만 그것은 해당 광고주가 광고비를 아주 많이 집행했다는 뜻입니다.

유튜브에서는 광고를 보고 싶어 하지 않는 사람들을 위해 프리미엄 서비스를 제공합니다. '유튜브 레드'에서 '유튜브 프리미엄'으로 이름이 바뀌었는데요, 한 달에 만 원 정도를 내면 광고를 보지 않아도 되고 유튜브에서 직접 제작한 콘텐츠도 볼 수 있습니다. 유튜브 뮤직 앱을 사용할 수도 있고요. 저도 이 서비스를 이용합니다(그래서 사람들이 불평하는 광고를 전혀 보지 못해 댓글을 이해하지 못하는 상황이 생기곤 합니다). 프리미엄 서비스를 사용하는 시청자가 영상을 보는 경우 유튜브는 수익을 따로 책정합니다. 프리미엄 서비스 구독료를 유튜버와 나누는 셈입니다.

유튜브 광고 수익 책정 메커니즘은 생각보다 복잡합니다. 조회 수 1회당 1원이라는 괴소문이 돌아다니지만 이는 사실이 아닙니다. 유튜브에서 알고리즘을 공개하지는 않았지만, 시청 지속 시간도 영향을 미치는 것으로 알려져 있습니다. 소문으로는 조회 수 10만 회를 기준으로 전후가 차이 난다고도 하고, 구독자 수의 영향을 받는다고도 합니다. 소문을 종합해 보면 결국 광고비 책정의 기준은 뻔합니다. 많은 사람이 오랜 시간 보고 좋은 반응을 보이면 광고비를 높게 책정하는 것입니다. 또 영상을 보는 국가도 중요한데요, 같은 영상이라도 미국에서 볼 때와 한국에서 볼 때, 태국에서 볼 때 완전히 다른 광고 수익이 책정됩니다. 각 국가의 물가가 다르므로 해당 국가의 광고주가 집행하는 비용의 규모 자체가 다르기 때문입니다.

많은 유튜버가 기를 쓰고 기획을 하는 이유는 더 많은 사람이 더 오랫동안 자신의 콘텐츠를 보도록 해서 더 많은 수익을 창출하기 위함입니다. 그런데 애초에 그 기획에 관심을 가지는 사람의 규모가 적다면 기대 수익도 적을 수밖에 없습니다. 이러한 점을 타개하기 위해 여러 매체에서 책 콘텐츠를 '지식 콘텐츠'로 가공하는 것입니다. '책'이 아니라 '삶에 유용한 지식'이 되면 사람들이 관심을 가질 확률이 높아지니까요. 하지만 겨울서점은 지식을 전달하기보다는 책 자체의 즐거움을 이야기합니다. 그러니 유튜브 조회 수가 나오는 데에도 한계가 있을 수밖에 없습니다. 조회 수가 낮으니 같은 구독자 수를 지닌 다른 채널에 비해 유튜브 광고 수익이 현저히 낮습니다.

유튜브를 통해 돈을 버는 또 다른 방법은 생방송에서 후원을 받는 것입니다. 생방송을 진행하다 보면 실시간 채팅창에 '슈퍼챗'Super Chat이라는 이름으로 후원한 돈의 액수와 메시지가 뜹니다. 후원 메시지는 예쁜 색이 입혀져 채팅창 상단에 일정 시간 표시됩니다. 금액에 따라 다른 색으로 표시되고, 금액이 높을수록 더 오랫동안 채팅창에 고정되죠. 많은 크리에이터들이 아프리카TV에서 유튜브로 건너오면서 유튜브 코리아에 생방송 기능이 생겼고 머지않아 슈퍼챗도 생겼습니다. 아프리카TV의 '별풍선' 개념과 비슷한 셈입니다. 아프리카TV의 BJ들이 한동안 신문과 뉴스의 사회면에 오르내렸던 것은 이 '별풍선' 때문이었습니다. 돈을 주는 사람과 받는 사람 사이에 일종의 갑을 관계가 설정된 것입니다. 순수하다면 순수한 돈이고 무섭다면 무서운 돈입니다.

요새는 트위치의 활약으로 약간의 변화가 생겼습니다. 트위치에서는 시청자가 돈을 후원할 경우 해당 메시지를 화면에 띄우고 전자 음성으로 읽어 주는 기능을 제공합니다. 트위치에서 따라 하기 쉽게 방법을 안내한 덕에 트위치 스트리머는 생방송 초보라도 간단한 클릭 몇 번으로 이 기능을 설정할 수 있습니다. 이 음성 후원 메시지는 트위치의 상징이 되었습니다. 후원이 단순히 돈을 주는 개념이 아니라 방송 참여의 의미를 가지게 된 것입니다. 트위치 시청자들은 앞다투어 후원을 이용해 자신의 재치를 자랑합니다. 스트리머는 자연스럽게 이 음성을 받아 방송을 진행합니다. 방송에 따라서는 시청자의 농담이 방송 전체의 재미를 좌우하기도 합니다. 이에 따라 유튜브의 후원 메시지도 비슷하게, 보고 들을 수 있도록 설정을 도와주는 사이트가 생겼습니다. 저도 최근에는 이 설정을 이용해 슈퍼챗 메시지를 전자 음성으로 들으며 방송을 합니다. 그러면 오랜 시간 혼자 이야기해야 하는 생방송에서 잠깐씩 목을 쉴 수 있고 후원을 받는다는 부담이 조금 덜어집니다(물론 큰 액수의 후원에는 여전히 적응이 안 됩니다).

저는 현재 생방송을 유튜브와 트위치로 동시에 송출합니다. 생방송 화면에서 왼쪽은 채팅창, 오른쪽 위는 트위치 후원, 오른쪽 아래는 유튜브 후원 메시지 자리입니다. 그렇게 양쪽에서 후원을 받는데요, 유튜브와 트위치 후원의 결정적인 차이가 있다면 수수료 비율입니다. 유튜브 슈퍼챗의 수수료 비율이 훨씬 높습니다. 시청자가 후원을 하면 35~40퍼센트를 유튜브가 가져갑니다. 트위치는 (시청자가 충전 때 내는 결제 수수료를 제외하고) 10퍼센트대로 매우 낮은 편입니다. 시청자가 같은 금액을 후원해도 플랫폼에 따라 실제로 콘텐츠 생산자에게 전해지는 금액이 다른 셈입니다.

현재 트위치에서 활동하는 유명 스트리머 중에는 이런 식으로 양 플랫폼에 동시 송출을 하다가 트위치 단독 송출로 계약을 하는 사람이 꽤 있습니다. 플랫폼 간의 경쟁 과정에서 유명한 크리에이터를 서로 데려가려는 일이 종종 생기곤 하는데 주로 트위치에서 추가 혜택을 제공하는 것으로 알려져 있습니다.

스트리밍 시장은 점점 커지고 있고 앞으로도 더 큰 성장세를 보이리라고 예측되지만, 북튜브가 책을 주제로 생방송을 자주 진행하기는 사실상 어렵습니다. 준비 시간이 길기 때문인데요, 방송을 하려면 먼저 책을 읽어야 하고 읽은 내용을 정리도 해야 합니다. 게임 스트리머처럼 매일 생방송을 하는 것은 확실히 무리입니다. 그렇게 하려면 주제를 확장하는 수밖에 없는데 그러면 책이라는 주제를 기대한 사람들은 조금 아쉬워하겠죠.

또 하나 채널 멤버십 서비스를 통해서도 수익을 낼 수 있습니다. 이 역시 후원의 개념입니다. 앞서 말한 슈퍼챗과 차이라면 멤버십 서비스는 시청자가 채널에 월정액을 후원하는 서비스라는 겁니다. 모든 채널에 있는 서비스는 아니고 몇몇 채널에만 활성화되어 있습니다. 처음에는 구독자가 아주 많은 채널 중에서도 극히 일부에만 제공하다가 구독자 10만 명을 갖춘 채널의 일부로 확장했는데, 겨울서점에는 구독자가 7만여 명일 때 도입된 것으로 보아 다소 범위를 넓히며 동시에 구독자 수 외에도 다양한 기준으로 채널을 선정하기 시작했다는 것을 알 수 있습니다. 생긴 지 얼마 안 된 채널에서는 기대하기 어려운 기능입니다.

유튜버는 멤버십 회원의 닉네임 옆에 후원자 배지를 달아 주고(후원 기간에 따라 다른 배지를 설정할 수 있습니다), 일종의 공지 게시판인 커뮤니티에 멤버십 전용 게시물을 올리기도 합니다. 멤버십 회원만 채팅에 참여 가능한 생방송도 진행할 수 있지만 저는 일반 구독자들이 소외감을 느낄까 봐 그렇게 진행한 적은 없습니다. 그리고 후원에 대한 리워드는 반드시 후원자 전원에게 돌아가야 한다는 규정이 있어서 그중 몇 분만 추첨한다는 식의 보상은 불가능합니다. 2019년 기준 멤버십 서비스 금액은 월 4,990원입니다. 물론 이 역시 유튜브가 수수료를 뗀 나머지 금액을 유튜버에게 전달합니다.

아, 참! 지금까지 말한 모든 수익, 그러니까 광고 수익과 생방송 후원, 채널 멤버십 모두에 세금이 부과된다는 것도 기억해 두세요.

현재 북튜버가 돈을 벌 수 있는 거의 유일한 가능성으로 이야기되는 것은 브랜디드 콘텐츠, 즉 광고입니다. 채널 규모가 커지면 자연스럽게 책을 비롯한 여러 물품의 광고 의뢰가 들어옵니다. 이를테면 특정 출판사에서 홍보하고자 하는 책의 소개 영상을 만들고 광고 영상 제작비를 받는 것입니다. 아마 다른 장르의 유튜브 채널과는 광고비 규모 자체가 다르겠지만 그래도 북튜버에게는 돈을 벌 수 있는 좋은 방법입니다.

광고를 진행할 때는 유의할 점이 있습니다. 반드시 해당 영상이 광고임을 고지해야 합니다. 유튜브에는 영상을 업로드할 때 '유료 광고 포함' 사인을 고지할 수 있는 기능이 있습니다. 업로드 페이지에서 고급 설정에 들어가 체크만 하면 됩니다. 혹은 영상 내에서 자막과 내레이션 등을 통해 유료 광고임을 직접 고지할 수도 있겠습니다. 어떤 방식으로든 광고임을 밝혀야 합니다. 법적으로 그렇습니다. 또 하나, 구독자의 반응에 신경 써야 합니다. 매주 광고가 반복되면 그 어떤 채널이든 구독자의 불만이 생깁니다. 유튜브 채널이 유튜버에 대한 애정과 호감으로 구성된 일종의 커뮤니티이기 때문입니다. 특히나 큐레이션을 하는 채널에서 광고를 반복하면 큐레이션 자체의 신뢰도가 떨어질 위험이 있습니다.

저는 광고로 책 영상을 만들면 괜히 일을 미루고 싶어지기도 하고, 구독자들의 반응도 미리 고려해서 광고 영상 비율에 제한을 두고 있습니다. 일부러 개수를 적게 유지하는 거죠. 매일같이 들어오는 수많은 광고 제의 중에서 제가 잘 소화할 수 있는 책을 고르고 반드시 그 책을 직접 검토한 후 진행을 할지 말지 결정합니다. 그리고 광고 영상일수록 일부러 더 솔직하게 이야기하려고 노력합니다. 출판사에서 조금 꺼리는 이야기일지라도 짧게나마 꼭 넣는 식입니다. 여러모로 출판사 입장에서는 껄끄러운 '을'일지도 모르지만 그게 결국은 제 채널에도, 도서 시장에도 도움이 되는 방향이라고 생각합니다.

저는 위의 유튜브 수익보다는 주로 강연료와 고료로 생활하고 있습니다. 지금처럼 책을 쓰기도 하고 잡지에 들어갈 원고를 청탁받기도 합니다. 운이 좋게 북튜버의 대명사같이 되어서 강연 요청이나 출연 요청도 받습니다. 각종 도서관에서부터 세미나, 청소년 캠프, 기업까지, 여러 곳에서 가끔 요청을 받는데, 이는 북튜버라는 직업 덕분이기도 하고 제가 여러 분야의 일을 하는 사람이어서이기도 합니다. 어디까지나 저라는 사람의 특수성이 반영된 결과라고 보는 게 안전할 것입니다.

저는 운이 좋게 잘 풀린 경우라고 생각합니다. 모든 북튜버에게 이렇게 돈을 벌 수 있어요, 라고 말하기는 어렵습니다. 북튜브에 대한 강연을 꽤 많이 하고 있지만 북튜브의 미래가 어떨지는 제가 보기에도 불투명합니다. 후발주자에게도 이만큼의 기회가 돌아가려면 북튜브 시장도, 도서 시장도 함께 성장해야 합니다. 나름대로 애쓰고 있습니다만 저 혼자의 힘으로 이룰 수 있는 것은 아닙니다. 그러니까 일단 사실만 고백합니다. 북튜버라는 직업'만'으로는 돈을 벌기 힘든 것 같습니다. 적어도 지금은 그렇습니다.

북튜버의 보람과 고충

숫자의 늪

요새 저에게는 유튜브의 숫자를 의도적으로 보지 않는 버릇이 생겼습니다. 구독자 수, 조회 수, 댓글 수, 좋아요 수, 싫어요 수, 노출량, 노출 대비 클릭률, 구독자 이탈률, 시청 지속 시간, 추정 수익. 그 모든 숫자가 송곳처럼 솟아나 속을 썩이는 모습을 그만 보고 싶기 때문입니다. 즐겁게 만든 영상인데 조회 수가 나오지 않을 때면 정말이지 보람도 즐거움도 저 멀리 날아가 버리는 듯합니다.

많은 유튜버가 숫자의 늪에 빠집니다. 당연한 일입니다. 숫자, 숫자야말로 유튜브의 생명이요 전략이요 길이요 답이기 때문입니다. 앞서 소개했듯 유튜버를 위한 크리에이터 스튜디오에서는 아주 친절하게 숫자의 증감을 분석해 줍니다. 당장의 조회 수뿐만 아니라 유튜버가 전략을 세우는 데에 도움이 될 만한 다양한 항목의 분석을 제공합니다. 기간별로, 영상별로, 시간대별로 자세히도 분석해 놓은 그 숫자들을 보고 있으면 마치 숫자 인간이 숫자 영상을 만들어 숫자 인간들에게 보여 주고 있는 것 같습니다. 그래서 종종 잊어버리고 마는 것입니다. 내 영상을 보는 것은 숫자가 아닌 사람이라는 걸요.

아무리 자기만족을 목표로 해도, 유튜브는 더 많은 사람에게 자신의 영상을 보여 주는 일을 목표로 삼으라고 부추기는 곳입니다. 구독자 수에 따라 증정하는 상패는 그 대표적인 상징입니다. 유튜브는 어떤 유튜버든 구독자 수 십만 명을 달성하면 실버 버튼을, 백만 명을 달성하면 골드 버튼을, 천만 명을 달성하면 다이아몬드 버튼을 보내 줍니다. 유튜버는 실버 버튼 개봉기를 찍고 구독자는 이를 축하합니다. 저는 종종 그 축하가 어디를 향하는 것인지를 생각하곤 합니다. 우리는 무엇을 축하하고 있는 것일까요? 유튜버의 노력이 결실을 맺었다는 것? 그렇다면 유튜버의 결실은 구독자 수라는 뜻이고, 유튜버의 성취란 더 많은 사람에게 영상을 퍼뜨리는 것이라는 말이 됩니다. 이것은 아주 선명하게 유튜브라는 기업의 목표를 보여 줍니다. 더 많은 사람을 이 플랫폼에 끌어들이는 것. 그 속에서 '인플루언서'를 생산해 다른 산업에 영향을 주는 것. 물론 유튜브는 이 목표를 아주 성공적으로 달성하고 있습니다. 현대 사회에서 영향력이란 곧 돈이니까요.

이를 비난하고 싶지는 않습니다. 유튜브는 우리가 이전에 상상하지 못했던 새로운 지평을 열어 주었습니다. 새로운 산업을 만들었고 수많은 사람을 연결했습니다. 그 성장의 과정에 가장 크게 기여한 것은 영상 창작자에게 제공한 보상입니다. 보상은 인간을 움직이는 강력한 동기니까요. 유튜브는 금전적 보상과 (악플이 아주 많지만 않다면) 정신적 보상을 모두 제공합니다. 전자는 광고비로, 후자는 댓글로 제공하죠. 저 역시 그러한 산업의 수혜자입니다. 저는 유튜브 덕분에 생계를 잇고 책을 사랑하는 수많은 사람과 이야기를 나눌 기회를 얻었습니다. 유튜브가 아니었다면 상상하지도 못했을 삶을 살고 있습니다.

다만 그 목표에만 매몰되다 보면 버티기 힘들어지는 때가 오는 것 같습니다. 많은 유튜버가 매 영상의 숫자 때문에 극심한 스트레스를 받습니다. 매주 더 많은 숫자를 얻을 만한 영상을 올려야 한다는 압박에 시달립니다. 당장 좋은 반응을 얻어 기분이 좋다가도 이 반응은 언제든 신기루처럼 사라질 수 있다는 사실이 마음 한편을 괴롭히죠. 압박이 지속되면서 슬럼프에, 더 심하면 우울증에 시달리기도 합니다. 유튜버는 자신의 채널을 관장하는 유일무이한 인간이기에 다른 사람에게 채널을 잠시 맡아 달라고 부탁할 수도 없습니다. 대신 책임져 줄 사람을 구할 수도 없습니다. 무척 솔직한 매체인 만큼 일과 자신을 분리하기도 쉽지 않습니다. 영상과 채널에 대한 모든 평가는 유튜버 본인에게로 귀결됩니다. 그렇게 영상을 보는 사람은 숫자가 되고, 저는 인간 김겨울이 아닌 숫자에 갇힌 유튜버 김겨울이 됩니다.

유튜브 운영의 정석에 숫자가 빠질 수는 없습니다. 저는 여러분에게 유튜브에서 숫자를 보는 방법을 알려드렸습니다. 숫자는 분명 (그 어떤 산업에서든) 꼭 필요합니다. 모든 것이 양화된 시대에 사는 현대인의 숙명인걸요. 하지만 저는 당분간 숫자를 보지 않기로 했습니다. 저는 유튜버 김겨울이지만 인간 김겨울이고, 글 쓰는 김겨울이며, 책 읽는 김겨울이고, 곡을 만들고 연주하는 김겨울입니다. 이 감각을 완전히 되찾기 전까지는 저 자신에게 숫자를 잠시 금지할 예정입니다. 형편없는 숫자를 앞에 두고도 "나는 인간 김겨울이다"라고 말할 수 있을 때, 그때 조심스럽게 숫자들과 마주하고 싶습니다. 그 숫자들 역시 사람이라는 것을 잊지 않으면서요.

눈편타

그 숫자가 사람이라는 것을 아주 명확하게 느낄 때가 있습니다. 직접 구독자를 만날 때, 그리고 그분들에게 받은 편지를 읽을 때입니다. '눈편타'는 겨울서점 채널에서만 쓰는 말인데요, '눈물의 편지 타임'을 줄인 말입니다. 제가 구독자분들이 주시는 편지를 읽을 때 운다는 이야기를 여러 번 했더니 이제는 편지를 읽을 때 제가 운다는 것이 기정사실처럼 되었습니다(실은 '처럼'이 아니라 그냥 기정사실입니다).

북토크나 강연 같은 행사를 치른 후에는 오신 분들이 챙겨 주신 선물과 편지를 가득 안고 집으로 오곤 합니다. 선물은 보통 혼자 열어 보거나 인스타그램 라이브로 함께 구경하고 편지는 따로 모아서 혼자 읽습니다. 라이브에 소리가 비면 곤란하기도 하고 우는 모습을 보이기도 조금 민망해서요. 그래서 선물 봉투에서 편지를 꺼내면서 "이건 눈편타를 위해 빼 놓겠습니다"라고 하고 따로 모아 두곤 합니다. 시청자들은 라이브로 읽기를 원하시지만 그럴 수는 없습니다. 제가 너무 많이 울 거든요. 자신의 편지를 소리 내 읽어도 괜찮다는 분들이 계셔서 몇몇 편지를 생방송으로 읽은 적이 있는데 눈물을 참느라 혼났습니다.

편지를 읽을 때마다 저는 정말 운이 좋은 사람이라는 생각을 합니다. 이토록 깊은 마음을 받을 수 있다니요. 편지의 내용은 가벼운 농담부터 진지한 상담까지 천차만별이지만 그 마음은 거의 같습니다. 저를 진심으로 좋아하고 아끼는 마음입니다. 저에게 진심으로 감명 받고 저로 인해 인생의 경로를 바꾸는 용감한 사람들의 편지를 읽으며, 저를 마음 깊이 걱정하고 제 책에 숨은 우울을 위로하는 편지를 읽으며, 과연 내가 이런 사랑을 받아도 좋은 사람인지 생각하곤 합니다. "그 어떤 상황에서도 당신은 행복할 자격이 있다"는 편지 앞에서 울지 않을 수 있는 사람이 몇 명이나 될까요.

편지뿐만이 아닙니다. 정성스러운 댓글과 메시지를 볼 때도 마찬가지로 너무나 감격합니다. 어떤 매체를 통해서든 이렇게 소중한 마음을 받을 수 있다는 것은 유튜버의 큰 보람입니다. 저로 인해 누군가는 책을 다시 읽고, 누군가는 유학을 떠나고, 누군가는 검정고시를 보고, 누군가는 전공을 결정하고, 누군가는 우울증에서 벗어나는 소식을 접하는 것은 경이로운 일입니다. 사람이 사람에게 영향을 줄 수 있다는 것, 그것도 랜선으로 연결된 누군가에게 힘과 위로를 전할 수 있다는 것에 매번 놀라며, 이 놀라움에 합당한 사람이 되어야겠다고 생각하곤 합니다. 사랑받는 것에 자격을 따지는 것은 별로 좋지 않은 습관이라고들 하지만 받은 마음만큼 좋은 사람이 되고 싶다는 마음은 자연스러운 것이니까요. 언젠가 유튜브를 그만두는 날이 오게 되더라도 한때 받았던 이 마음들로 곧잘 살아갈 수 있을 것 같습니다.

세수는 하고 나가자

구독자가 채 5천 명도 되기 전, 동네 마을버스에서 저를 봤다는 구독자의 메시지를 받은 적이 있습니다. 문제는 제가 그날 온종일 일을 하다가 세수도 하지 않고 운동을 하러 가는 길이었다는 것입니다. 혹시 제 눈곱을 보셨을까요. 보셨다면 늦게나마 사과의 말씀을 드립니다. 그때부터는 세수는 하고 나가기로 했습니다. 다행히 이제 여러분이 저의 눈곱을 보실 일은 없습니다.

구독자가 십만 명을 넘어선 지금, 길이나 대중교통에서 가끔 저를 알아보는 분들을 만나곤 합니다. 자주 있는 일은 아니지만 아주 없는 일도 아닙니다. 저는 그런 인사를 꺼리는 편은 아니라서 매번 감사한 마음으로 인사합니다. 한번은 버스에 탔는데 제 앞자리에서 제 영상을 보고 계신 분을 발견한 적도 있습니다. 와, 그것참 희한한 기분이더군요. 신기하기도 하고 감사하기도 하고 쑥스럽기도 했습니다.

구독자가 백만 명에 이르기 전의 유튜버는 매우 애매한 유명세를 지닌 사람입니다. 유명하지도 않지만 유명하지 않은 것도 아닌, 그사이 어딘가에 있죠. 이런 사람을 일컬어 '마이크로 인플루언서'라고 부르던데, '약간 유명한 사람'을 조금 그럴듯하게 지칭하는 말인 듯합니다. 유튜브나 인스타그램, 페이스북 같은 플랫폼에서 꽤 알려진 사람을 그렇게 부르는 것 같습니다. 거기서 공중파 방송에 진출하거나 주요 신문에 이름이 나면 '마이크로'를 떼고 '인플루언서'로 진화하는 것으로 알고 있습니다. 저는 둘 다 해 봤지만 여러 차례는 아니었던지라 마이크로의 영역에 몸을 웅크리고 있습니다. 사실 독서라는 주제로 대스타가 되는 일은 워낙 드물기도 하고요, 그렇다고 '인문학 구루' 내지 '멘토'를 자청하고 싶은 마음은 요만큼도, 정말 요만큼도 없기도 합니다.

그래서 강연을 하거나 북토크를 해서 사인회를 열게 되면 굉장히 재미있는 상황이 발생합니다. 제가 '우리끼리 셀럽 모멘트'라고 부르는 상황입니다. 구독자분들은 저에게 사인을 받기 위해 선물을 들고 길게 줄을 서 있고, 그 옆을 지나는 사람은 제가 누군지 몰라 어리둥절한 상황이지요. "뭐야? 누구야? 유명한 사람이야?' 모멘트'라고 불러도 될 것 같습니다. 사람들은 수군대고 구독자들은 두근대고 저는 부끄러워합니다. 우리끼리는 좋으니까, 아무렴 됐죠.

저는 딱 그 정도의 위치, 딱 그 정도의 유명세가 좋습니다. 익명의 '인간 1'로 길거리를 지나다닐 수 있는 정도의 유명세요. 그보다 유명해지면 인생이 조금 피곤해질 것 같습니다. 지금도 피곤한 일은 종종 벌어지거든요. 그중 하나가 유튜버라면 빼놓을 수 없는 '악플'입니다.

악플과 악질적인 메시지들

유튜브 채널에 악플이 달리지 않는 방법은 하나뿐입니다. 영상을 올리지 않는 것. 너무 극단적인가요? 하지만 거의 맞다고 봐도 좋습니다. 채널이 일정 규모를 넘어서면 어떤 방식이든 악플은 반드시 달리기 마련입니다. 겨울서점도 초반에는 악플 없는 깨끗한 채널이었지만 채널이 조금씩 커지면서 악플이 달리기 시작했습니다. 그나마 책을 다루는 채널이어서 다른 채널보다는 한동안 깨끗했던 것 같습니다. 오래 가진 못했지만요.

악플을 처음 받으면, 당연한 말이지만 무척 큰 상처를 받습니다. 백 개의 좋은 댓글이 있어도 악플 하나에 마음이 무너져 내리죠. 어느 정도 경험이 쌓여 무덤덤하게 대처할 수 있게 되기 전까지는 매 악플이 상처의 연속입니다. 저는 이제는 악플에 어느 정도 초연해졌고(완전히 초연해지는 건 불가능합니다), 요새는 악플을 별로 받지도 않지만, 한동안은 무척 큰 스트레스를 받았습니다. 얼굴도 이름도 모르는 사람에게 무차별적인 인신공격을 받는 기분은 정말 끔찍합니다. 심지어 유튜브 댓글은 유튜버가 직접 관리하는 경우가 많아 사실상 대놓고 욕을 먹는 것과 다름없습니다. 영상 바로 밑에 그 영상과 영상을 기획하고 촬영하고 편집한 사람을 비방하는 댓글이 달린다니, 무자비한 일이죠.

이왕이면 모르는 채로 지내는 편이 좋긴 하지만 유튜브를 시작하기로 했다면 악플에 대한 대처도 어느 정도 해 두면 좋습니다. 어차피 겪을 거라면 알고 겪는 게 나으니까요. 일단 유튜브에 달리는 악플의 유형을 살펴보고 악플을 대하는 마음가짐에 관해 이야기해 보겠습니다.

사람에 따라 조금씩 다를 수 있겠지만 저의 기준에서 가장 타격이 없는 악플은 막무가내로 욕설을 쓰는 악플입니다. 종종 자신이 최근에 들은 온갖 욕설을 실습하는 장으로 댓글 창을 사용하는 사람이 있습니다. 읽으면 솔직히 아무 느낌이 없어요. 꼭 내가 아니라도 누구에게든지 할 수 있는 욕인 데다 그 욕의 내용도 별로 감흥이 없는 경우가 많습니다. '걸레'라는 한물간 말에 어떻게 상처를 받겠어요? 그걸 아직도 욕인 줄 알고 쓰는구나, 하면서 한숨 한 번 쉬고 차단을 하는 거죠. 여러분도 필요 없는 욕설에는 필요 없이 상처 받지 말기를 빌어 봅니다. 겨우 그런 댓글로 뭘 할 수 있겠어요? 조용히 고소 가능성을 따져 보고 고소하거나 차단합시다.

실제로 상처를 주는 악플은 그보다 조금 더 공들인 것입니다. 누구에게나 써도 상관없는 댓글이 아닌, 그 영상을 올린 유튜버에게 상처를 줄 만한 댓글입니다. 유튜브는 친밀감이 강조되는 매체이기 때문에 그만큼 유튜버를 공격할 거리를 찾기도 쉽습니다. 그런 약점을 노리는 것입니다. 악질적이지요. 대개 유튜버의 외적인 부분을 깎아내리거나 창작물을 깎아내리는 댓글입니다. 더 악질적인 경우에는 영상의 내용만으로 사람 전체를 판단하는 인상 비평이 들어 있기도 하고 심지어 허위 사실을 들고 와 유튜버를 공격하기도 합니다.

저는 모두 당해 봤는데, 개인적인 기준으로는 (물론 전부 골치 아팠지만) '외양 < 영상 폄하 < 인상 비평 < 허위 사실' 순으로 머리가 아팠습니다. 저는 화면에 외양

이 어떻게 나오는지 크게 신경 쓰지 않는 사람이고, 외양으로 누군가를 비난하는 사람은 위의 욕설을 일삼는 사람과 별다른 바가 없다고 생각해서 큰 타격을 받지 않습니다. 이렇게 생겼는데 뭐 어쩌겠어요("겨울님 예쁘니까 상처받지 마시라"는 위로는 안 해도 괜찮습니다). 좀 불쌍한 사람들이라고 생각합니다. 그런 눈으로 보는 세상은 얼마나 못생겼을 것이며 그런 눈으로 보는 자신은 얼마나 미울까요.

영상 폄하는 그보다는 약간 마음이 아픕니다. 20분 안쪽의 영상에 내용을 구겨 넣기 위해 갖은 수를 써서 영상을 만들었는데 깊이가 없다, 내용이 없다, 보는 눈이 없다, 별소리를 다 듣습니다. 이를테면 "명문대 나왔대서 기대했는데…… 하긴 정말 문학을 말할 줄 알면 문예지에 글을 쓰겠지……." 같은 댓글입니다(실제로 받은 댓글을 순화했습니다. 이분은 제가 문예지에도 글을 쓴다는 걸 모르셨던 것 같습니다). 소위 '멕이려고' 쓴 게 여실한 이런 댓글을 보고 있으면 여전히 열은 받지만 좀 슬프기도 합니다. 그런 말을 떠올려서, 손으로 옮겨서, 작성 버튼을 누르기까지 아무런 마음의 저항이 없었던 걸까요. 어쩌다 그런 사람이 되었을까요. 요새는 그런 댓글을 보면 뭐 그렇게 생각할 수도 있지, 하고 넘어갑니다. 좀 심한 댓글은 차단하고요.

인상 비평도 처음에는 화가 났는데 이제는 그러려니

합니다. 겨우 10분짜리 영상 몇 개 보고 사람 전체를 부정적으로 판단하는 사람의 말에 상처받아서 뭐 하겠어요. 반면교사로 삼아서 다른 사람을 함부로 판단하지 말아야겠다고 다짐하는 계기로 삼습니다. 인간은 다면적인 존재이고 내게 보이는 것 외의 다른 면이 있을 수 있다는 것을 잊지 말아야겠다고요. 마찬가지로 심한 경우에는 차단하고 그렇지 않으면 조용히 삭제합니다.

허위 사실로 넘어가면 여기서부터는 고소가 가능해집니다. 물론 앞서 말한 범주의 댓글들도 내용에 따라 얼마든지 고소할 수 있습니다. 소위 '고소각을 잰다'고 하죠. 저도 이제는 고소각을 잴 줄 아는 프로 유튜버가 되었습니다. 좋은 일인지는 모르겠지만요. 아무튼 허위 사실 유포의 경우에는 명예 훼손으로 고소할 수 있는 가능성이 높아집니다. 영상 댓글에 쓰면 고소당할 위험이 있어 댓글이 아닌 소셜미디어에 쓰는 경우도 있는데 그런 경우에도 특정성만 확보되면 고소할 수 있습니다. 일단 굉장히 거추장스러운 댓글이기도 하고 그대로 놔두면 루머가 생성될 수도 있으니 적절히 대처할 필요가 있다고 생각합니다. 물론 송사라는 게 쉽지 않은 일이라 저도 웬만하면 참고 두는 편이지만요.

고소 이야기가 나온 김에 조금 더 이야기를 해 보자면, 악플에 적용되는 죄목은 보통 모욕죄와 명예 훼손죄입니다. 둘 다 형사 고소에 해당합니다. 보통 특정성을 중요하게 여기는데, 이는 댓글이나 소셜미디어 게시물에서 가리키는 대상이 명확해야 한다는 뜻입니다. 가리키는 대상 없이 그냥 욕설만 쓰면 그게 누구를 욕하는 것인지 알 수 없으니까요. 자신을 욕하는 것이 명확한 글이라면 날짜와 시간이 보이도록 화면을 설정하여 캡처하고 PDF 파일로 해당 글을 저장해 두기를 권합니다. 경찰서를 찾아가 직접 고소할 수도 있지만 법률사무소에서 상담을 받는 것도 좋습니다. 전문가는 이럴 때 쓰라고 있는 것이니까요. 특히 처음 고소를 할 때는 워낙 막막하니 도움을 조금 받는 것도 좋습니다.

악플의 유형을 대강 나눠 보았는데요, 물론 이런 카테고리에 들어오지 않는 댓글도 있습니다. 이를테면 여성 유튜버에게 "노산이 아이한테 안 좋다는데 빨리 결혼하시는 것도ㅎㅎ", "어차피 좀 있으면 팔릴 나이는 아닌데ㅎㅎ" 같은 말을 하는 경우입니다. 예시만 봐도 뒷목이 뻐근하죠? 여성을 마치 진열 상품처럼 취급하는 일은 비일비재하고 그 상품이 자기 것이라고 생각하는 사람도 비일비재합니다. 자신은 좋은 의도로 한 말이라고 생각하는 건 덤이죠. 영상마다 사랑한다, 데이트하자, 보고 싶다 운운하는 사람도 있습니다. 모두 당해 본 것들인데 그런 댓글을 쓰는 사람에게는 모든 여성이 잠재적인 연애 상대는 아니라는 것을 이해시키기가 불가능합니다. 역시 차단이 답입니다.

영상에 드러난 유튜버의 약점 아닌 약점을 공격하는 악플도 있습니다. 우울증에 관한 책을 다룬 적이 있는데, "우울증이 완치될 거 같고 막 그렇지? 꿈 깨. ㅋㅋㅋㅋ" 같은 댓글이 달린 적도 있습니다(마찬가지로 순화한 예시입니다). 유튜버나 시청자가 가지고 있을 만한 약점을 의도적으로 공격하는 악플입니다. 소위 '어그로'라고 할 수 있습니다. 공격을 유도하기 위해 일부러 그러는 것임을 알기 때문에 굳이 댓글을 달지는 않고 신고 후 차단합니다. 대부분 악플에는 대응하지 않는 것이 최선의 대응입니다.

악플은 아니지만 인터넷 커뮤니티에서 사칭을 당한 경험도 있습니다. 제가 쓰지도 않은 글이 제가 쓴 것으로 되어 있더군요. 심지어 그 커뮤니티는 익명을 원칙으로 하는 모양이라 글 속에서 자신을 드러냈다는 이유로 그 글을 쓴 사람은 탈퇴를 당한 모양이었습니다. 졸지에 저는 '익명 커뮤니티에 자기 유튜브 채널을 홍보했다가 규칙을 어겨 강퇴 당한 사람'이 되어 있었습니다. 어안이 벙벙하더군요. 저는 그 어떤 인터넷 커뮤니티도 하지 않는데 말이에요. 그 외에도 망상장애가 있으신 분의 공격도 당해 봤고 모르는 사람이 저를 안다고 말하고 다니기도 하더라고요.

이 모두가 유튜브를 시작하기 전에는 상상하지도 못했던 일입니다. 세상에 사람은 많고 별의별 일은 다 벌어집니다. 이건 유튜버뿐만이 아니라 조금이라도 유명세가 있는 사람들에게 종종 일어나는 일이겠지요. 이런 일에 익숙해지는 것도 유튜버가 되는 과정이라면 너무 슬픈 말인가요. 다른 유튜버는 좀 나은가 싶기도 하지만 슬프게도 제가 다른 유튜버를 만나는 여러 자리에서는 악플 대처법이 주된 이야기 주제로 올라오곤 했습니다. 저는 한동안 아예 유튜브 관리자 애플리케이션에 들어가지조차 못했습니다. 댓글을 보는 것 자체가 두려웠거든요.

이제는 악플을 흰자위로 보고 곧바로 차단을 하는 경지에 이르렀습니다. 여전히 댓글 보는 걸 두려워하고 여전히 상처를 받지만 제법 금방 잊습니다. 저는 아무것도 몰랐던 터라 정면으로 악플을 마주했지만 이렇게 상처를 받아 가며 대처하지 않아도 되는 방법들도 있습니다. 팀으로 일하는 경우에는 상처받을 당사자가 보기 전에 서로서로 먼저 지워 줄 수도 있겠고요, 개인으로 일하더라도 댓글 관리하는 사람을 따로 둘 수 있습니다.

솔직히 이제는 악플을 보면 어느 정도 감이 옵니다. 음, 내공이 좀 있는 악플러군, 내지는 얘는 한참 부족하군, 하는 느낌이 딱 온다는 뜻입니다. 그 정도가 되니 악플 읽기 생방송도 기획할 수 있게 되더군요. 다른 영화 유튜버와 함께 두 시간 동안 각자 받은 악플 중 인상 깊은 것들을 읽는 방송을 했는데 겨울서점에서 진행한 생방송 중 다섯 손가락 안에 드는 가장 웃긴 방송이 나왔습니다. 악플을 같이 읽고 농담을 하며 마치 「슈퍼스타K」처럼 점수를 줬거든요. 시청자도 신이 나서 쉴 새 없이 농담을 던졌습니다. 다 같이 웃고 떠들다 보니 괴물처럼 보였던 악플이 별것 아니게 느껴졌습니다. 역시 농담과 응원은 늘 위대합니다. 악플을 놀리면서 웃어넘길 수 있는 그날까지, 부디 상처는 덜 받고 농담은 멈추지 말고 응원은 크게 받길 빕니다. 저도 여전히 상처 받겠지만 여러분과 함께 계속 농담해 보겠습니다.

프리랜서로 살아남기

프리랜서의 가장 큰 장점은 출근이 없다는 것이고, 가장 큰 단점은 퇴근이 없다는 것입니다. 오로지 영원히 지속되는 마감만이 당신을 움직이나니 건강을 챙기지 않으면 허리가 나갈 것이니라……. 프리랜서란 그렇습니다. 장점과 단점이 뚜렷한 직업입니다. 프리랜서의 범위가 워낙 넓은 만큼 제 생활이 프리랜서 전체의 생활을 대표할 수는 없으므로 그저 제가 어떻게 프리랜서로 살게 되었는지를 이야기해 보겠습니다.

저는 아주 오래전부터 취업과는 담을 쌓았습니다. 대학생이 되기 전부터요. 대학생이 되면 많은 사람이 으레 스펙을 쌓고 취업 준비를 하지만 저는 그럴 생각이 없었습니다. 우선은 제가 매일 회사에 다닐 수 있는 종류의 인간이 아니라고 생각했고 하고 싶은 일도 있었기 때문입니다. 저는 조직 생활에 적응할 자신도, 하루에 여덟 시간 넘게 원하지 않는 일을 할 자신도 없었습니다. 그러기에는 여러모로 제가 부족한 인간이라는 생각이 들었습니다. 대신 제가 제 일상을 관장할 수만 있다면 원하는 일을 훨씬 더 열심히 할 수 있으리라는 확신이 있었습니다. 일단 할 수 있는 데까지 해 보고 버티다 버티다 안 되면 어디라도 들어가자, 라는 매우 안일한 마음으로 사회생활을 시작했습니다.

아니 '사회생활을 시작했다'라는 표현보다는 '사회생활이 시작되었다'라는 표현이 맞을지도 모릅니다. 스무 살이 되자마자 바로 아르바이트를 시작했습니다. 아르바이트로 생활을 꾸리는 것에 익숙해진 데에는 그 영향이 클 것입니다. 부족하나마 제가 번 돈으로 먹고살 수 있을지도 모른다는 생각이 들었거든요(물론 그것은 세상 물정 모르는 이십 대 청년의 희망찬 어림짐작이었습니다). 열심히 아르바이트를 해서 생활비를 벌고 교환학생을 다녀오고 기타를 사고 작업실을 빌렸습니다. 등록금은 장학금으로 대신한 덕에 빚은 지지 않았습니다(그때 건강이 많이 상하긴 했지만요. 건강 이야기는 뒤에 다시 하겠습니다). 으레 그렇듯 저도 아르바이트를 하면서 처음 사회생활이라는 걸 하게 됐습니다. 터무니없이 적은 돈으로 일을 맡기도 하고 손님에게 모욕을 당하기도 하며 임금 체납으로 고용주와 싸우기도 하는, 흔하다면 흔한 사회생활이었습니다.

스무 살 때 기타를 사서 뚱땅거리던 저는 스물세 살에 작곡을 시작했습니다. 좋은 친구를 많이 만나 즐겁게 작업을 했어요. 만든 곡을 녹음하기도 하고 편곡하기도 하면서 시간을 보냈습니다. 하나둘 작업물이 쌓이던 중 우연히 다른 작곡가의 앨범에 보컬로 참여할 기회가 생겼습니다. 멋진 곡에 제 목소리가 담겨 음원 사이트에

발매되었는데 그건 정말이지 멋지고 신기한 일이라는 생각이 들었습니다. 용기를 얻어 스물다섯 살 때 처음으로 오픈마이크•라는 것을 해 봤는데 그때 저는 대학교를 휴학한 상태였습니다. 대학생이라는 신분을 보험처럼 걸어 놓고 공연장을 향해 막무가내로 뚜벅뚜벅 걸어 들어간 셈입니다. 아르바이트를 하면서 넉 달 동안 매주 공연을 했습니다. 오픈마이크를 하고 나서 사장님께 주말 공연 제의를 받으면 주말에는 돈을 받는 공연을 할 수 있었습니다. 공연을 해서 받는 돈이라야 차비 정도였지만 어쨌든 뿌듯한 시간이었습니다. 아르바이트, 곡 작업, 연습을 반복하며 지냈습니다.

그러다 같은 해 한 음원 프로젝트에 선정되어 디지털 싱글「사랑하긴 했나요」를 냈고 이후로 더 많은 기회를 얻었습니다. 부족한 실력에 비해 여러모로 운이 좋았던 때입니다. 프로젝트에 선정된 덕에 제 돈 한 푼 들이지 않고 직접 쓴 곡을 전문 세션과 녹음할 수 있었고, 데모 앨범을 만들 때도 텀블벅을 통해 기꺼이 저를 후원해 준 분들이 있어서 수월했습니다. 최백호 선생님께 보컬 교육을 받는 자리에서 알게 된 뮤지션의 제안으로 지역방송국 라디오 프로그램 진행도 하게 되었고 친한 선배가 만든 잡지에 정기적으로 글도 실었습니다. 한 언론의

• 공연장에서 누구든지 자유롭게 공연할 수 있는 프로그램. 공연장에 따라 다르지만 대개 일주일에 1~2회, 5~6팀 정도 미리 신청을 받아 진행한다. 반드시 자작곡으로 공연해야 한다는 조건을 거는 공연장도 있다.

대학생 기자단에 참여하기도 하고요. 그렇게 저는 대학생이라는 핑계로 아르바이트를 한쪽 팔에 끼고 각종 기회와 호의를 탐험하고 다녔습니다. 돌이켜 보면 이 모든 활동은 겨울서점에 제각각의 기여를 했습니다.

하지만 그런 생활을 언제까지 지속할 수 있을지 불확실했습니다. 제가 생각하는 가장 이상적인 결말은 글과 음악으로 충분한 돈을 버는 것이었지만, 그건 정말 뛰어난 소수에게만 허락되는 삶이라는 걸 알고 있었습니다. 제 실력이 터무니없이 부족하다는 것도 잘 알고 있었고요. 아르바이트를 언제까지 해야 할지, 과외는 언제까지 할 수 있을지, 빚을 지고 대학원을 가는 게 차라리 나을지, 이러다 결국 어딘가의 학원 강사로 정착하는 건 아닌지 고민했습니다(물론 학원 강사가 나쁜 직업이라는 게 아니라 제가 하고 싶지 않았다는 의미입니다). 그나마 이 정도 걱정을 할 수 있었던 것도 복 받은 일일 테지만, 음악과 글은 저에게 아무것도 보장해 주지 않았습니다. 매일같이 별 의미 없는 글을 쓰면서 이따금 좋아하는 매체의 수습기자 모집 공고를 들여다보고 좋아하는 출판사의 편집자 모집 공고를 들락거렸습니다. 어디로 가는지 모르는 상태에서 어디론가 흘러가는 날들이 이어졌습니다.

이제 유튜브가 등장할 시간입니다. 라디오 진행을 관두기 얼마 전, 대학교 졸업을 앞두고 있던 저는 문득 유튜브 채널을 만들었습니다. 열심히 사는 와중에 어디서 시간이 그렇게 났는지 책도 읽고 팟캐스트도 듣고 유튜브도 보고 있었던 덕에 어렵지 않게 채널을 만들었습니다. 짜잔, 겨울서점입니다.

채널을 처음 만들었을 때도 당연히 저는 아르바이트를 하고 있었습니다. 낮에는 카페에서 아르바이트를 하고 저녁과 주말에는 영어 회화를 가르치는 아르바이트를 했습니다. 그리고 남는 시간에 유튜브 영상을 기획하고 촬영하고 편집했습니다. 유튜브로 돈을 벌 수 있을 거라는 기대는 별로 없었고, 이걸 쌓아두면 나중에 어디 출판사에라도 들어갈 때 도움이 되지 않을까 하는 생각은 있었습니다. 무엇보다 책이라는 주제를 가지고 라디오스러운 무언가를 한다는 것 자체가 저에게는 즐거운 일이었습니다. 영상은 또 음성 콘텐츠와는 다른 그만의 짜릿함이 있었습니다. 슬금슬금 웃으며 편집을 하고 혼자 빵 터지며 애드립을 뽐내는 자막을 넣었습니다.

처음 일 년 동안은 유튜브 수익 없이 그런 생활을 계속했습니다. 그러다 책을 내고 강연을 하고 유튜브 수익도 약간씩 생기기 시작하면서 카페 아르바이트를 관두고, 영어 회화 강의를 관두고, 마침내 과외까지 관뒀습니다. 뭔가 얼떨떨한 기분이었습니다. 8년 동안 아르바이트를 쉬어 본 적이 없거든요. 정말? 이제 아르바이트를 안 한다고? 알바몬과 알바천국에 그만 들어가도 된다고? 늘 아르바이트를 기준으로 '남는 시간'에 하고 싶은 일을 했던 제게는 그렇게 살지 않는다는 것이 정말이지 낯설었습니다. 세상에, 이제는 일주일을 제가 계획한 대로 살 수 있게 되었습니다. 본격적인 프리랜서로서의 삶이 시작된 것입니다.

스케줄 관리

프리랜서로 살면서 처음 맞닥뜨린 난관은 스케줄을 관리하는 것입니다. 여기에서의 스케줄 관리는 단순히 스케줄'만' 관리하는 일이 아닙니다. 의사결정을 포함하는 일입니다. 들어온 제안을 진행할지 말지, 진행한다면 일정은 어떻게 할지, 일정이 정해졌을 때 그 일을 위한 준비 과정은 언제 수행할지를 결정하는 과정이 제가 생각하는 '스케줄 관리'입니다.

예를 들어 어느 대학교에서 강연 요청이 오면 스스로 제 능력과 체력, 일정, 강연료 등을 살펴 강연을 진행할지 말지 판단해야 합니다. 진행하기로 한다면 그 강연을 위해 PPT를 만들고 이야기할 내용을 정리해야 합니다. 그렇게 되면 달력에 표시할 스케줄은 두 개입니다. 강연일과 강연 전 자료를 준비할 날. 반대로 진행하지 않는다면 표시할 스케줄이 아예 없을 것입니다.

유튜브 영상을 만들 때도 마찬가지입니다. 다음 주와

다음다음 주에 어떤 영상이 올라갈지 결정해야만 자연스럽게 그 영상을 만들기 위해 준비하는 과정을 생각하게 됩니다. 앞의 예와 마찬가지로 저는 달력에 그 과정 전체를 기록합니다. 영상 구성안 쓰기, 영상 촬영하기, 영상 편집하고 업로드하기. 각각의 과업이 '스케줄'입니다.

결국 모든 스케줄 관리는 의사결정의 과정입니다. 이 만화를 그릴지 말지, 이 글을 연재할지 말지, 이 강연을 하러 갈지 말지를 결정하면 스케줄은 자연스럽게 따라옵니다. 프리랜서는 끊임없이 새로운 의사결정을 내리는 직업이라고 말할 수도 있겠습니다. 매번 결정을 내리는 일은 절대 쉽지 않지만 그렇다고 하지 않을 수도 없습니다. 확실치 않은 미래를 내다보며 미래의 자신에게 일을 던져 주는 사람이 프리랜서이니까요. 그리고 이 스케줄 관리를 위해 필수적인 과정이 이메일(또는 연락) 주고받기입니다.

이메일 답장하기

저는 카카오톡이나 메신저가 아닌 이메일을 주로 씁니다. 카카오톡 같은 메신저는 일과 생활의 분리를 어렵게 합니다. 시간이 흐른 뒤 업무 내용을 다시 확인하기도 어렵고요. 제안과 답변을 정해진 이메일로 주고받으면 생활과 분리하기도 좋고 첨부파일 등의 기록이 확실하게 남기 때문에 혹시 모를 상황에 대비할 수 있습니다. 카카오톡이나 메신저, 문자, 전화 등으로 연락이 오면 저는 이메일로 내용을 다시 한 번 보내 달라고 요청합니다.

앞서 말했듯 프리랜서는 끊임없이 미래의 자신에게 일을 던져 주는 사람이기 때문에 부지런히 메일에 답장하는 것 역시 프리랜서의 미덕입니다. 물론 어렵습니다만 최대한 빨리 답장을 하는 게 좋은 인상을 남기는 데 좋습니다(제가 잘 못 지키는 부분입니다). 매일같이 쌓이는 메일을 확인하고, 각 메일의 제안에 대한 의사결정을 하고, 그 답을 돌려주어야 하는 일은 생각보다 어려운 일입니다. 제안마다 요구하는 사항도 다르고 때로는 회사와 협상을 해야 할 때도 있습니다. 메일 한 통에 답장하기 위해 포트폴리오를 통째로 업데이트해야 할 때도 있고 수개월 뒤의 일정을 조정해야 하기도 하고요. 하지만 프리랜서에게 이메일이란 생명줄 같은 것이라 부지런히 관리하려고 노력해야 합니다. 메일이 많이 온다는 건 그만큼 찾는 사람이 많다는 것이고, 프리랜서에게 그것만큼 좋은 일은 없으니까요.

건강 관리

큰일 났습니다. 벌써부터 이러면 안 되는데요, 이메일이 오는 대로 넙죽넙죽 일을 받다 보니 이 지경이 되었습니다. 어디 가도 체력 하나는 밀리지 않는다는 자신감이 있었는데 유튜버 생활 일 년 만에 허리디스크를 얻고 이 년이 넘어서는 물렁물렁한 몸이 되고 말았습니다. 눈도 나빠지고 전반적으로 몸이 약해져 전에 없이 병원을 많이 다니고 있습니다. 20대 초반부터 쉬지 않고 몸을 혹사하며 일했는데 유튜버가 된 후에는 매주 받는 평가에 더 스트레스를 받았나 봅니다. 무술 도장을 했던 아버지가 물려주신 그 좋은 체력을 20대에 다 쏟아붓고 이대로 서른을 맞이하게 되는 걸까요. 앞으로 살날이 많은데 큰일입니다. 이제는 정말 건강을 챙겨야 합니다.

디스크를 호되게 앓고 통증이 가라앉기 전까지는 함부로 운동하지 말고 많이 걷기나 하라는 조언에 따라 척추 교정을 받으며 일 년을 보냈습니다. 취미로 하던 발레를 관둔 이후로 걷기 말고는 아무런 운동도 하지 못했고요. 대신 지금까지의 구부정한 삶을 청산하기 위해 올바른 자세로 앉는 습관을 들였습니다. 그동안 얼마나 안 좋은 자세로 일을 해 왔던가를 상기하며, 돌아갈 수 있다면 정말 돌아가서 등짝 스매싱이라도 해 주고 싶은 마음입니다. 하지만 원래 아프기 전까지는 실감을 못 하니까 등짝 스매싱을 해도 못 알아듣겠죠. 디스크는 저뿐만이 아니라 많은 노동자의 고질적인 문제로 알고 있습니다. 모두 고개를 들고 잠시나마 스트레칭의 시간을 가져 볼까요. 지금 바로.

많은 프리랜서는 불안한 미래를 대비하기 위해 일이 들어오는 대로 받아야 한다는 충동에 저절로 사로잡힙니다. 당장 다음 달, 그 다음 달에 얼마를 벌지 모르는 상황에서는 지금 들어오는 제안을 받아 둬야 미래를 대비한 것 같으니까요. 석 달 뒤에 얼마를 벌지, 삼 년 뒤에 얼마를 벌지 예측할 수 있는 사람과는 다른 마음가짐일 수밖에 없습니다. 그러다 보면 무리해서 일하게 되고 수면 부족과 자괴감에 빠지기 십상입니다. 마감에 맞춰서 일하려다 보면 밥도 대충 먹게 되기 일쑤고요. 끼니를 거르며 잠을 못 자고 일을 하면 몸이 망가지는 건 금방입니다. 게다가 벌이가 일정치 않으니 운동과 질 좋은 음식에 쓸 돈을 책정하기도 어렵습니다. 많은 이가 아프고 나서야 몸을 돌봐야 한다고 깨닫는 건 그래서겠죠.

특히 유튜버의 경우 영상 편집에 오랜 시간이 걸리는데 영상 작업은 한번 집중해서 하기 시작하면 수 시간 동안 몰입해서 하게 되므로 몸에 무리가 올 가능성이 더 높습니다. 저도 한자리에서 열 시간씩 영상 편집을 하곤 했거든요. 구부정한 허리와 거북목으로 열 시간 동안 앉아 있었던 것을 생각하면 그야말로 정신이 아득합니다. 그때로 돌아간다면 역시 등짝 스매싱을 날리며 이렇게 외치고 싶습니다. 허리를 펴 이 양반아! 잠깐 누워서 좀 쉬라고!

저 역시 몇 번 호되게 아프고 나서야 건강이 가장 중요하다는 걸 깨달았습니다. 건강하지 않으면 정말 아무것도 못 하더라고요. 삶을 풍요롭게 만드는 측면에서뿐만 아니라 커리어의 측면에서도 오랫동안 프리랜서로 일을 하려면 건강 관리가 필수입니다. 꾸준히 일정한 퀄리티로 결과물을 내놓아야 하니까요. 프리랜서는 4대 보험을 책임져 줄 직장도 없다고요. 꼭 쉬는 시간을 정해 두고, 건강하게 먹고, 규칙적으로 운동합시다.

제 몫 챙기기

프리랜서로 일하면서 가장 막연했던 점은 '돈을 얼마나 받아야 하느냐'는 것이었습니다. 청탁 원고의 고료는 평균적으로 얼마인지, 유튜버가 브랜디드 콘텐츠를 보통 얼마에 진행하는지 모르는 상태에서 여러 제안을 받았습니다. 다행히 추후에 여러 계기를 통해 동료들과 이야기를 나눌 기회가 생겨 단가를 대략 들을 수 있었습니다. 제안서를 보낼 때 아주 구체적인 부분까지 명시해 주는 회사도 있었고 공무원인 친구에게 들은 이야기도 있었습니다. 그렇게 여러 방면으로 접한 자료를 바탕으로 지금은 나름대로 명확한 기준을 가지고 제안을 수락하고 있습니다.

회사원도 서로의 연봉을 잘 공개하지는 않지만 간접적으로 업계 평균이 어느 정도 되는지 짐작할 수 있는 여러 기회가 있습니다. 하지만 프리랜서의 경우 다른 프리랜서와 이야기를 나누지 않는 한 각자가 고립될 가능성이 있습니다. 가끔 열정페이를 바라는 회사도 있고요. 그래서 자신이 속한 업계에서 보통 얼마를 주는지 알아볼 필요가 있습니다. 노동에는 정당한 대가를 받아야 하고 자기 노동의 가치를 직접 가늠하기는 쉽지 않습니다. 물론 처음 자리를 잡기 전까지는 돈보다 경험과 이력을 위해 일을 맡을 수 있습니다. 그건 자신의 선택입니다. 하지만 그런 때에도 어떤 형태로든 대가를 받아야 한다고 생각합니다. 자신을 위해서뿐만 아니라 그 업계에 종사하는 다른 모든 프리랜서를 위해서요.

그간의 경험을 통해 프리랜서가 자신의 몫을 챙기려면 사회성이 필요하다는 것도 알게 됐습니다. 여기저기 정보를 묻기도 해야 하고 클라이언트에게 잊을 만하면 어필도 해야 하고요. 지원 사업이나 공모전도 부지런히 찾아다녀야 했습니다. 자기 일을 직접 찾아다녀 먼저 제안을 해야 할 때도 많았습니다. 제가 할 수 있을 것 같은 일이다 싶어서 먼저 연락했다가 '까인' 적이 여러 번입니다. 하지만 제가 하지 않으면 누구도 해 주지 않으니 열심히 찾아다닐 수밖에요.

세금 관리

그렇게 열심히 챙겨낸 몫에는 내야 할 세금이 있습니다. 보통 프리랜서가 용역에 대한 돈을 받을 때는 사업소득세인 3.3퍼센트를 제하고 돈을 받거나, 기타소득세 8.8퍼센트를 제하고 돈을 받습니다(4.4퍼센트에서 두 배로 뛰는 바람에 많은 프리랜서의 억장이 무너졌습니다). 어느 수준을 넘어서면 개인사업자 등록을 해서 장부 처리를 하는 것이 좋다고 합니다. 저도 일을 시작하면서 세금이라는 것을 인지하게 된 터라 아직 복잡한 내용은 잘 모릅니다만, 아무튼 프리랜서로 일하는 데에 있어 세금을 챙기는 건 중요합니다. 절세됐든지 부과됐든 간에요.

꽃 피는 5월에는 어린이날이 있고 어버이날이 있고 스승의 날이 있고 제 생일이 있고 그리고 종합소득세 신고 마감이 있습니다. 매년 12월에 연말정산을 하는 직장인과 달리 프리랜서는 매년 5월에 종합소득세 신고를 합니다. 아, 5월이 끝나기 전에 세금 신고를 해야 하는데……. 여러분도 잊지 말고 세금 신고를 하시기 바랍니다. 5월이 아니어도 방심할 수는 없습니다.

그대 이름은 마감, 마감, 마감

프리랜서는 마감으로 움직이는 존재입니다. 웹툰 작가, 글을 연재하는 작가, 유튜버 모두 마찬가지입니다.

유튜버는 특정 사이트나 지면과 계약을 한 작가와는 달리 일을 독촉하거나 시키는 사람이 없다는 차이가 있지만요. 유튜버가 쉬워 보이지만(실제로 쉬운 면도 있을지 모르지만) 절대 쉽지만은 않은 직업인 것은 그래서입니다. 아무도 시키지 않은 일을, 적어도 초반에는 보상 없이 꾸준히 해내야 합니다. 일 년 정도는 유튜브로 버는 수익도 없이 매주 영상을 만들어야 한다는 뜻입니다. 자신이 흥미로워하는 주제로 유튜브를 하라고 하는 이유는 그래서입니다. 저 역시 책에 관한 영상을 만드는 일이 즐거워서 꾸준히 할 수 있었습니다. 영상 편집이 얼마나 재미있던지 시간 가는 줄도 모르고 몇 시간씩 했던 기억이 납니다.

회사와 계약해서 일하는 경우, 이를테면 지금의 저처럼 계약을 해서 책을 쓰는 경우 마감은 조금 더 명확한 형태로 다가옵니다. 계약서에 마감과 보상이 명시되니까요. 그러니 맡은 일에 대한 부담이 조금 더 큽니다. 유튜브 채널이야 조금 게을러도 내가 천천히 성장하면 그만이지만 회사와의 계약은 그렇게 끝날 문제가 아니니까요. 그래서 저도 지금 최선을 다해 원고를 완성하고 있습니다. 역시 글은 마감이 써 주는 것 같습니다.

어찌 되었든 마감이야말로 프리랜서에게는 알파요 오메가입니다. 마감은 사람에게 글을 쓰게 하고, 영상을 만들게 하고, 그림을 그리게 합니다. 마감은 돈을 벌

어다 주고, 일을 미루게 하고, 밤을 새우게 합니다. 마감은 작업을 시도하게 하고, 어떻게든 완성하게 하고, 결국은 실력을 늘려 줍니다. 영원히 끝나지 않는 마감의 연속 안에서 조금씩 발전하는 자신의 모습을 보는 것은 큰 기쁨입니다. 마감과 함께하는 모든 프리랜서에게 공감을 담은 응원을 보냅니다.

어떻게 그렇게 열정적으로 살 수 있냐는 질문을 많이 받습니다. 저는 매주 유튜브 영상을 올리고, 책을 쓰고, 청탁 원고를 쓰고, 강연을 다니고, 피아노를 배웁니다. 이 모든 일을 가능하게 하는 원동력이 뭐냐는 질문에 저는 돈이라고 답하곤 하지만 그것은 실은 절반의 답입니다. 생존을 위해 돈을 벌겠다는 목표는 분명히 있지만 부자가 되고 싶은 마음은 없습니다. 그저 제 한 몸 건사하기 위한 돈을 벌려고 애쓰는 거죠. 그것만으로도 충분히 힘든 시대에 살고 있으니까요.

나머지 절반의 답은 결핍입니다. 정확히 말하면 저는 열정으로 사는 게 아니라 결핍으로 살고 있습니다. 채우지 못했던 것을 뒤늦게나마 채우기 위해 최선을 다하고 있습니다. 결핍은 힘이 셉니다. 그 결핍은 제가 원하는 삶을 꾸려 가겠다는 간절한 바람이기도 합니다. 결핍을 채워 가며 느끼는 즐거움이란 그런 데서 오는 것이니까요. 언젠가 제가 결핍 없는 즐거움으로 열정을 불

태울 수 있는 날이 올까요. 그랬으면 좋겠습니다.

취미가 일이 될 때

좋아하는 걸 직업으로 삼지 말라는 말은 마치 진리처럼 받아들여지곤 합니다. 아무리 좋아해도 그게 노동이 되면 싫어지기 마련이라고요. 일리가 있는 말입니다. 어떤 직업이든 고충은 있게 마련이고 좋아하는 일에서 고충을 겪으면 마음이 더욱 고되니까요. 차라리 적당히 애정 없는 일로 돈을 벌면서 좋아하는 일은 취미로 마음껏 즐기는 쪽이 더 합리적인 선택일지 모릅니다.

저는 그 합리적 선택을 거부한 경우입니다. 좋아하는 일의 고충도 감수하기 어려운 마당에 좋아하지 않는 일의 고충을 감수하기에는 인내심이 많이 부족했습니다. 철이 덜 들었다고 말할 수도 있고 그만큼 좋아하는 것에 대한 소망이 크다고 할 수도 있겠습니다. 어찌 되었든 결과적으로 제가 너무나 사랑하는 책과 글을 생업의 일부로 포함시켰습니다. 저는 이제 독서를 싫어할까요?

뻔한 결과지만, 답은 '아니오'입니다. 저는 여전히 책을 좋아합니다. 여전히 글을 읽고 쓰는 게 행복합니다. 글밥으로 먹고사는 걸 꿈꿨던 고등학생 김겨울에게 나쁘지 않은 대우를 해 주고 있는 것 같습니다. 정말 운이 좋은 경우죠. 그렇다면 이 삶은 좋고 행복하기만 할까요? 역시 뻔하지만, 이 답도 '아니오'입니다. 좋아하는 걸 일로 삼기 위해서는 그에 따르는 수고도 당연히 감수해야 하니까요. 컷 편집은 고된 일이지만 매주 영상을 올리기 위해서는 반드시 거쳐야 하는 과정입니다. 악플은 원치 않는 것이지만 유튜브 활동에 으레 따라오는 일입니다.

결국 좋아하는 걸 일로 하든 그렇지 않든, 노동은 고되고 원치 않는 일도 뒤따라옵니다. 다만 좋아하는 일을 생업으로 하면 그 시간을 조금 더 수월하게 버틸 수 있습니다. 하루 중 가장 많은 시간을 일하며 보낸다면, 그 시간을 조금이나마 즐겁게 보내는 것이 아주 중요하다고 생각합니다. 직장에서 자아실현을 하지 말라고 말들 하지만 적어도 자기혐오는 하지 않고 싶었습니다. 저는 그럴 수 있는 게 지금 제 삶의 가장 큰 축복이라고 생각합니다. 적어도 지금은, 억세게 운이 좋은 경우죠.

제가 부득불 취업을 시도하지 않고 버텼던 이유 중 하나는, 혹시라도 취업하는 순간 다시는 이런 삶으로 돌아올 수 없으리라는 직감 때문이었습니다. 매달 고정으로 들어오는 월급을 포기하고, 아르바이트만으로 불안정한 미래를 계획하는 삶으로 돌아올 수 없을 것이라고요. 취업이 될지 안 될지도 모르는 상황에서 취업 준비를 위해 돈과 시간을 투자하고, 그렇게 해서 취업을 하면 영영 제가 그린 저의 모습과는 멀어질 것 같았습니다. 게다가 취업을 하면 저를 위한 시간이 날 것 같지도 않았습니다. 야근과 주말 출근이 잦은 곳에 들어가지 말란 법이 없으니까요. 밥을 굶는 것보다 저를 잃을까 두려웠던 건 어린 날의 치기일까요.

좋아하는 걸 직업으로 삼는 건 생각보다 나쁘지 않은 일입니다. 적어도 저에게는 그렇습니다. 그리고 만약 좋아하는 일을 직업으로 삼으려고 노력하다 실패하고 결국 원치 않는 일을 하게 되더라도 그 시도의 경험은 반드시 자신을 지켜 주는 어떤 빛으로 남으리라 생각합니다. 이 말은 혹시라도 더 큰 실패를 겪을지도 모르는 미래의 저에게 해 주는 말이기도 합니다. 그 모든 게 그냥 사라지지는 않을 것입니다.

함께 일할 영상 편집자를 구해야 할까

매주 영상을 제작하면서 물리적으로 가장 힘든 과정은 편집입니다. 눈과 귀, 머리와 손의 협동 과정이라 에너지 소모도 많고 시간도 오래 걸립니다. 경력이 길어질수록 영상 편집자를 구하고 싶은 마음이 점점 굴뚝 같아지죠. 실제로 많은 유튜버가 전담 편집자에게 편집을 맡기고 본인은 기획과 촬영에 전념합니다. 시간당 효율을 생각했을 때 차라리 믿을 만한 사람에게 편집을 맡기고 더 많은 수의 영상을 올리는 게 낫다고 판단하는 것입니다. 편집자는 대체가 되지만 영상에 등장하는 유튜버는 대체가 안 되니까요. 요새는 아예 유튜브 영상 편집자 카페도 생겨서 그 안에서 구인을 하기도 하고, 콘텐츠 제작자의 기획사라고 할 만한 MCN[•]을 통하거나 아는 유튜버를 통해 소개받기도 하고, 유튜버가 직접 공개적으로 편집자를 모집하기도 합니다.

사실 편집자를 새로 둔다는 건 굉장히 큰일입니다. 편집 스타일이 조금이라도 변할 수밖에 없으니 시청자가 낯설어할 수도 있고, 노동에 상응하는 충분한 돈도 지급해야 합니다. 무엇보다 편집자를 둔다는 건 영상

• Multi Channel Network(다중 채널 네트워크)를 줄인 말로, 유튜브를 비롯한 인터넷 방송 플랫폼에서 인기를 끄는 크리에이터들의 활동을 돕거나 활용하는 사업, 사업체를 통칭한다.

을 만들 때 한 번의 과정이 더해진다는 뜻입니다. 그래서 메시지를 어떤 방식으로 전달할지 충분히 논의하지 않으면 원했던 것과는 다른 영상이 나올 수도 있고 편집 시간이 한없이 길어지기도 합니다. 유튜버도 편집자도 힘들어지고요. 처음부터 어떤 콘셉트의 영상인지, 어떻게 연출하고 싶은지, 레퍼런스는 어떤 영상인지, 원하는 폰트는 무엇인지 등에 대해 편집자와 충분히 이야기를 나눠야 합니다. 왜곡 없는 영상을 위해서는 편집에 들인 공만큼이나 편집자와 호흡을 맞추는 공도 필요하죠.

저 역시 편집자를 구한 적이 있습니다. 지금까지 네 분의 편집자와 함께 일했는데요, 편집자마다 한두 개 정도의 영상을 맡았습니다. 전체 비율로 따지면 지극히 적은 셈입니다. 어떤 편집자에게는 자막 편집만 맡긴 적도 있고 어떤 편집자에게는 아예 브랜디드 콘텐츠 전체를 맡긴 적도 있습니다. 모두 감사하게도 겨울서점에 애정을 가진 분들이어서 훌륭한 결과물을 받아볼 수 있었습니다. 가장 좋았던 건 그분들이 모두 책을 좋아한다는 점이었습니다. 편집자는 영상의 의도를 정확하게 전달해야 하므로 다루는 소재에 대한 이해가 충분해야 하거든요.

편집자를 몇 번 둬 보니 왜 다들 편집자를 쓰는지 이해가 됐습니다. 편집으로부터의 정당한 해방! 충분한 시간! 멀쩡한 허리! 칼 같은 이메일 답장! 수월한 업무! 여가 시간! 행복! 사랑! 하지만 안타깝게도 저는 고정 편집자를 둘 형편이 아닙니다. 대개는 영상 수를 늘려서 늘어날 것으로 예상하는 고정 수익이 편집자에게 지급해야 할 돈보다 크다고 예측할 때 과감히 편집자를 둡니다. 겨울서점은 그러리란 보장이 없는 채널입니다. 왜인지는 앞에서 설명했으니 이해하실 거라 생각합니다.

편집자를 거친다는 건 영상을 공개하기 전 의견을 구할 사람이 있다는 뜻도 됩니다. 고민이 되는 부분을 두고 진지하게 의논할 상대가 있다는 건 정말이지 외로운 유튜버에게 단비와도 같은 일입니다. 이 부분을 어떻게 연출할지, 이 내용을 넣을지 뺄지를 혼자 고민할 때면 저의 한계가 명확하게 느껴지거든요. 거기에 새로운 관점과 지식을 제공해 줄 사람이 있다면 얼마나 좋을까요. 그래서 편집자와 함께 팀으로 일하는 유튜버가 때로 부럽습니다.

지금은 앞서 말한 여러 이유로 제가 직접 모든 편집을 합니다. 제가 말하고자 하는 바를 신경 써서 정확히 전달하고 싶고 편집 과정이 아직은 재미있기도 하고요. 다른 분께 일종의 인수인계를 하는 것도 꽤 품이 드는 일이라 엄두를 못 내고 있기도 하고 비용을 충분히 지급하기 어려운 상태이기도 합니다. 생방송 하이라이트

편집 일을 하는 분께만 가끔 짧은 편집을 부탁드리는데(그 영상은 메인 영상을 업로드하는 화요일이 아닌 다른 날에 올라갑니다), 시간이 흐르면 좋은 편집자와 정식으로 팀을 꾸리는 날도 오지 않을까 상상해 봅니다. 언젠가는, 언젠가는.

6
앞으로의 문제들

활자와 영상 사이

앞서 저는 북튜브의 가장 큰 숙제가 '무엇을 보여 줄 것인가'라고 이야기했습니다. 채널 기획에 따라 고민의 정도가 달라질 수는 있어도 여전히 '무엇을 보여 줄 것인가'는 모든 북튜버가 해결해야 할 큰 숙제입니다. 저는 이게 북튜브의 근본적인 한계라고 생각합니다. 활자 매체의 경험은 그 어떤 영상으로도 온전히 전할 수 없다고 저는 믿습니다. 글을 읽으며 머릿속에서 펼쳐지는 상상과 그 순간의 행복감, 추상적인 사고의 짜릿함 같은 것은 지극히 활자적인 경험이니까요. 그럼에도 그 행복을 사람들과 나누고 싶어 한 결과물이 '겨울서점'

입니다. 나름대로 애쓰고 있지만 아직은 부족하다고 생각합니다.

활자 매체의 경험을 가장 잘 전달하는 방법은 같은 매체인 글로 감상을 표현하는 게 아닐까요. 서평을 읽는 사람의 수는 점점 줄어드는 것 같지만 여전히 책은 서평으로 전할 때 그 감상이 살아나는 것 같습니다. 영상을 만들 때마다 그런 생각을 합니다. 책을 인용하기에도 좋고 표현이나 구성을 활용하기에도 좋습니다. 전체 맥락을 볼 수 있다는 점에서 훨씬 더 구조적입니다. 짧은 분량 속에서도 완결성을 만들어 낼 수 있고 글에 따라 지면에 인쇄될 가능성도 있습니다. 꼼꼼히 읽어 주는 독자에게는 더욱 오랜 시간 기억에 남을 것입니다. 하지만 책을 읽는 사람의 수가 줄어든 만큼 서평도 그 힘을 잃어 가는 듯합니다.

그럼에도 저는 여전히 글로만 전하고 얻을 수 있는 지식이 있다고 생각합니다. 말과 글의 근본적인 차이 때문입니다. 말과 영상은 그때그때 휘발됩니다. 시간 순서에 따라 선형적으로 정보를 받아들이게 되지요. 게다가 시청각 자극에 집중력을 빼앗기느라 내용에 온전히 집중하기 어렵습니다. 유튜브의 조회율을 보면 이 문제는 더욱 단적으로 드러납니다. 한 영상을 처음부터 끝까지 보는 비율은 채널을 막론하고 그다지 높지 않습니다. 시청자는 앞부분에서 본 이야기를 파편적으로 기억

합니다. 반면 글은 처음부터 끝까지를 한눈에 볼 수 있으므로 쉽게 구조를 파악할 수 있고, 선형성을 거부하고 앞과 뒤를 연결해 가며 읽을 수도 있습니다. 앞으로 돌아가 반복해서 읽을 수 있으니 자세한 내용을 설명하기에도 적합합니다. 그렇기에 고도로 추상화된 앎일수록 글을 통해서 전달하는 쪽이 훨씬 좋습니다. 이를테면 '사회적 규범'에 관해 이야기하고자 한다면 영상보다는 글이 좋을 것입니다.

단적인 예로 시를 읽는다고 생각해 보겠습니다. 한 편의 시는 각 행의 소리와 의미로도 이루어지지만 시 전체의 모양, 연을 나눈 곳의 공백, 단어와 단어의 연결과 반복으로도 이루어집니다. 그래서 시는 전체를 놓고 눈으로 읽으며 한꺼번에 느낄 때 그 느낌이 풍부해진다고 저는 생각합니다. 시뿐만이 아닙니다. 여러 줄이 시야에 들어온 상태에서 글을 읽고, 목차 전체의 구성을 파악하고, 글 내부의 논리와 규칙을 생각하며 읽는 것은 같은 내용을 말로 듣는 것과 아주 다른 행위입니다.

효율성의 측면에서도 영상 매체는 활자 매체에 비해 부족한 부분이 있습니다. 같은 글을 소리 내어 읽을 때와 눈으로 읽을 때 걸리는 시간을 생각해 보세요. 유튜브에는 짧은 정보를 배경음악과 자막을 활용해 천천히 이야기하는 영상이 있습니다. 저는 그런 영상을 발견하면 스킵 버튼을 연타하며 빠르게 내용을 파악하고 끕니다. 차라리 글을 볼걸, 하면서요. 만약 제 유튜브 영상을 모아서 쓴 글이 있다면 유튜브 영상을 만들고, 올리고, 시청자들이 본, 그 모든 시간보다 훨씬 짧은 시간에 독파할 수 있을 것입니다.

그렇다면 그 시간은 다 낭비였을까요? 저는 왜 그렇게 열심히 일했고 사람들은 제 채널에서 무엇을 얻은 것일까요? 북튜브의 역할은 대체 무엇일까요? 제 개인의 보람과 기쁨을 넘어 사회적인 의미를 찾는다면 대체 어디서 찾을 수 있을까요?

이를 논의하기 위해서는 일단 겨울서점이라는 채널의 위치를 다시 언급해야 합니다. 겨울서점은 '책을 좋아하는 사람이 책 이야기를 하는 채널'이라고 앞서 이야기했습니다. 그렇기에 책을 읽지 않아도 되게 도와주는 곳이 아닌, 책이라는 물건에 호기심과 흥미를 느끼도록 하는 데 주력하는 채널입니다. 책을 읽지 않으면 인생이 엉망이 될 것이라고 말하는 곳이 아니라 부담을 내려놓고 책의 즐거움을 느껴 보라고 권하는 채널입니다. 제가 아는 한에서 최선을 다해 책의 흥미를 전달하고 사람들과 그 흥미를 공유하는 곳입니다. 다른 콘셉트의 채널은 또 다른 방향으로 이야기를 할 수 있으므로, 저는 여기서부터 이야기를 시작하겠습니다.

일단, 앞서 말한 글만이 가지는 특징이 전달되기 위해서는 사람들이 실제로 책과 글을 읽어 봐야 합니다.

하지만 독서 인구 통계를 보면 열 명 중 여섯 명이 전혀 책에 관심이 없습니다. 해를 거듭할수록 책에 무관심하다는 사람의 수치는 점점 늘고요. 애초에 책 읽을 생각이 없는 사람에게 책이 좋은 매체라는 사실은 별로 놀랍거나 대단한 정보가 아닙니다. '뭐 책을 읽어야 하는 건 알겠는데……' 정도의 마음만 심어 주는 그렇고 그런 이야기죠. 유튜브가 대세인 상황에서 여전히 책의 멋짐을 이야기하고 싶다면 유튜브로 들어가야 합니다. 그 안에서 책 읽는 모습을 보여 주고 책의 재미를 이야기하면 사람들은 자연스럽게 책에 관심을 가집니다.

사실 모든 사람이 늘 고급 지식에 접근해야 하는 건 아닙니다. 자신의 일 혹은 삶에 필요한 지식과 한 국가의 시민으로서 필요한 지식을 얻을 수 있으면 됩니다. 그 깊이가 어느 정도 요구되는지는 의견이 분분하겠습니다만, 모두가 모든 영역에서 전문성 있는 지식을 갖출 필요는 없다고 생각합니다. 오히려 전문 지식을 정리해 대중에게 잘 전달하는 것이 전문가의 중요한 책무 가운데 하나이고, 우리는 전문가가 잘 갈무리한 지식을 의무 교육과 독서를 통해 얻을 수 있으면 됩니다. 한마디로 모두가 니체의 원문을 읽어야 하는 건 아닙니다. 대부분의 사람에게 필요한 지식은 지구가 평평하지 않다는 것과 니체의 원서, 그 사이의 지식 정도입니다. 그렇다면 그 정도 수준의 정보를 얻기 위해 유튜브를 활용하는 건 아무런 문제가 없습니다. 그 이상의 깊이 있는 지식을 원하는 사람이 유튜브만 본다면 무엇보다 본인이 답답함을 느끼겠죠.

한편 늘 무언가를 '틀어 두는' 현대인에게 북튜브는 하나의 선택지가 될 수 있습니다. 시간을 내어 겨울서점을 보는 사람도 있지만 라디오를 켜 놓듯 영상을 틀어 두는 사람도 있습니다. 음악이나 팟캐스트처럼요. 책을 다루는 여러 팟캐스트는 성공적인 성과를 거두었고 지금도 여전히 성공적입니다. 긴 분량으로 이야기를 나눌 수 있는 만큼 책을 두고 깊이 있는 내용을 다룰 수 있기 때문입니다. 책 팟캐스트는 책을 사랑하는 많은 사람의 대중교통 메이트, 설거지 메이트, 수건 개기 메이트, 핸드폰 게임 메이트로 굳건히 자리를 지키고 있습니다. 저 역시 책이나 영화를 주제로 하는 팟캐스트를 즐겨 듣습니다. 영상 콘텐츠가 새롭게 주류로 자리를 잡은 지금, 책 이야기 역시 음성 콘텐츠에서 한발 더 나아가 영상의 영역으로 넘어가는 건 자연스러운 일이라고 생각합니다. 겨울서점은 그 계기 중 하나가 되었을 뿐이고 아마 앞으로도 많은 북튜브가 배경영상의 역할을 해 줄 수 있지 않을까요.

한 가지 의미를 더하자면 우리의 삶이 늘 효율적일 필요는 없다는 것입니다. 북튜브는 지식을 얻는 수단이 될 수도 있지만 이야기를 나누는 공간이 될 수도 있습니다. 책을 좋아하는 사람이 모여서 의견을 나누는 커뮤니티에 효율성을 따질 필요는 없을 것입니다. 사람들이 유튜브에서 책이라는 주제로 모이는 것 자체가 신기하고 재미있는 일이라고 저는 생각합니다.

북튜브에 희망이 있다면 오히려 그것은 버티고 버티다 마지못해 영상 문화에 발을 담그는 그 주저함에 있을 것입니다. 최후의 최후에서야 유튜브에 등장해 영상 문화의 한복판에서 글자를 읽는 이야기를 하는 그 일관성에 있을 것입니다. 그것은 아주 비효율적인 일이지만 비효율적이어서 흥미로운 일이기도 합니다. 저는 겨울서점이 지금보다도 더 그런 곳이었으면 좋겠습니다.

저는 겨울서점이 꿋꿋이 책 이야기를 하는 곳이어서 좋습니다. 책을 읽고 책에 대해 말하는 여성의 모습을 보여 줄 수 있다는 점도 좋습니다. 사람들이 모여 책이라는 주제로 댓글을 달 수 있는 곳이라는 점도 좋고, 독서에 관심이 없던 누군가에게 독서에 관심을 갖게 한 계기가 되었다는 것도 좋습니다. 이것이 나중에 제가 알게 된 겨울서점의 사회적 의미입니다. 책에 비해 부족한 영상일지라도, 결코 겨울서점이 그 어떤 책을 뛰어넘을 수 없을지라도, 여전히 매주 영상을 올리는(제 개인의 보람과 기쁨을 제외한) 사회적 이유입니다.

원하든 원치 않든 영상 문화는 점점 주류에 가까워지고 있습니다. 아니, 이건 너무 희망 섞은 주관적인 말일까요. 영상 문화는 이미 주류 중 주류일지도 모릅니다. 많은 아이가 서너 살 때부터 유튜브를 보며 자랍니다. 초등학생에게 유튜버는 선망의 대상이고, 중·고등학생에게는 실질적인 진로입니다. 대학 내 모든 학과의 진로가 유튜버로 이어지고 있다는 '웃픈' 농담도 돌아다닙니다. 유튜브가 네이버를 제치고 검색 엔진이 되었다는 말도 들려옵니다. 유튜브 애플리케이션은 이미 모든 세대에서 가장 긴 사용 시간을 자랑하는 애플리케이션이 되었습니다. 이런 흐름 속에서 북튜브가 무인도 같은 곳이 되지는 않을까 두렵기도 합니다.

하지만 사라지리라고 예상한 수많은 매체가 오히려 살아남아 지친 이들에게 위로를 전하는 일은 흔합니다. 라디오는 사라지지 않았고 종이책도 사라지지 않았으며 사람들은 여전히 편지를 씁니다. 책을 읽는 마음을 나눌 이가 곳곳에 숨어 있기를 바랍니다. 저와 계속 나누어 주세요. 책에 대한 그 즐거운 이야기들을.

저는 앞으로 어떻게 될까요

유튜브 속을 탐험하며 제가 한국 유튜브의 가장 큰 특징이라고 느낀 부분은 대중이 원하는 '공감'의 정서였습니다. 한때 저는 학생들이 열광하는 '유형별 영상'의 인기를 이해하지 못했습니다. '급식 먹는 유형', '시험공부하는 유형', '떡볶이 먹는 유형' 등 한 가지 주제를 정하고 여러 사람의 행동을 찍어서 같은 일을 사람에 따라 여러 유형으로 수행할 수 있다는 것을 보여 주는 영상입니다. 그런 영상의 댓글에는 으레 "○○ 하는 유형 해 주세요" 하는 신청 댓글이 달립니다. 단순히 주제만 제시하는 게 아니라 유형까지 직접 나눠 주는 정성스런 댓글입니다. 저는 나중에서야 그런 영상의 인기가 유구한 '인터넷 공감'의 한 종류임을 깨달았습니다. 그런 영상이 재미를 얻는 이유는 아마도 제가 책 이야기를 하는 이유와 비슷할 것입니다. 공감의 즐거움 말입니다.

영상 내용뿐만이 아닙니다. 정보를 얻기 위해 영상을 본 사람들도 같은 영상을 보고 느낀 점을 나누고 싶어 합니다. 유튜브에 있는 댓글 창은 그래서 상징적입니다. 자신과 같은 생각을 담은 댓글에 '좋아요'를 누르고, 반대하는 댓글에 '싫어요'를 누르거나 댓글의 댓글을 답니다. 사람들은 같이 손뼉 치고 같이 슬퍼하기를 원합니다.

북튜브는 이 공감의 바다에서 어떻게 살아남을 수 있을까요. 책을 읽지 않는 사람이 점점 늘어나는 지금, 우리는 어떤 공감대를 가지고 이야기를 나눌 수 있을까요. 활자를 읽는 즐거운 경험을 어떻게 정리하고 어떤 영상으로 전달할 수 있을까요. 앞으로 북튜브의 댓글 창에서 의견을 나누고 함께 박수 치는 사람이 늘어날까요. 지금보다 더 책이 인기가 떨어질지, 반대로 책을 찾는 사람이 늘어날지 저로서는 예상하기가 어렵습니다.

가끔 제 직업의 안정성에 관해 고민합니다. 북튜버 겸 작가가 이 디지털 세상에서 오래도록 살아남을 수 있을지 걱정입니다. 두 직업 모두 도서 시장의 영향을 크게 받으니 사람들이 책에 관심이 없어질수록 제 직업도 가망이 없어질 것입니다. 지금까지의 경향만 봐서는 전망이 꽤 어둡군요. 지금이라도 빨리 다른 장르의 유튜브 채널을 시작해야 할지도 모르겠습니다. 장르를 바꿔 성공할 자신이 없다는 게 문제지만요.

독서 인구는 꾸준히 줄었고 도서 시장은 그만큼 축소되어 왔습니다. 최근에는 오히려 발행 권수가 늘어났다는 분석도 있고 작은 규모의 서점도 다시 생겨나는 추세이지만 낙관적인 전망을 하기엔 일러 보입니다. 책 말고도 세상에 재미있는 게 얼마나 많은데요. 영화도, 넷플릭스도, 유튜브도 사람들의 손에 책이 아닌 스마트폰과 노트북을 쥐여 주고 있습니다. 저만해도 유튜브 시청자이면서 충실한 넷플릭스 구독자인걸요(여러분, 『블랙 미러』를 꼭 봐주십시오). 게다가 평생 일을 해도 집 한 채 마련할 수 없는 세대에게 책은 하나의 부담입니다. 책을 둘 자리는 그대로 부동산 비용이니까요. 집을 구하기는 점점 어려워지는 상황에서 부피를 많이 차지하는 데다 무겁기까지 한 책은 짐입니다. 부동산 가격이 오르면 올랐지 내릴 것 같지는 않은 상황에서 책의 장래는 더욱 어둡습니다. 전자책이나 도서관, 중고서점 등의 대안은 책을 원래 좋아하는 사람에게 더 인기일 뿐입니다.

현명한 사람이라면 다가올 미래에 대비해 자신이 할 수 있는 일을 탐색해 두어야 하겠습니다. 문제는 저는 그렇게 현명한 사람이 못 된다는 것입니다. 그저 글을 읽고 쓰는 게 좋고 가능하다면 이 일을 계속하고 싶습니다. 취업을 피해 다니던 시절, 언젠가 취직을 원하게 되면 후보로 두리라 생각했던 직장도 모두 글을 다루는 곳이었습니다. 글과 음악 속에서 살 수 있다면 그걸로 충분하겠다는 생각이었지요. 그 산업 자체가 사라지거나 축소될 수 있다는 생각을 해 보지 않았던 것은 그런 고집에서 나온 희망 섞인 바람이었을 것입니다.

그래도 어쩔 수 없습니다. 저는 다른 무슨 일을 하더라도 어떻게든 글을 읽고 쓰는 일을 함께 이어 가고 싶습니다. 제가 만드는 유튜브 영상이 사람들에게 책 읽기에 대한 호기심을 불러일으키기를 바라는 것도 그래서입니다. 조금이라도 더 많은 사람이 책에 호기심을 갖기 바라고 그래서 책이 계속 만들어지기를 바랍니다. 아주 먼 어느 날 나무가 부족해 종이책이 수명을 다하는 날이 와도 전자책으로나마 그 수명이 연장되기를 바랍니다. 인간이라는 종種이 지구에서 살아가는 한 읽고 쓰는 기쁨을 계속해서 누리기를 바랍니다. 희망적인 전망일지 몰라도 도서 시장이 지금보다 작아질 수는 있겠지만 사라질 수는 없으리라 생각합니다. 저 같은 사람들이 콧김을 뿜으며 결의를 다지고 있기도 하고, 책이라는 물건 자체가 워낙 오래되고 끈질긴 물건이기도 하니까요. 계속해서 다른 형태로 그 생명을 이어 가리라 생각합니다.

그래서 불안하더라도 계속 나아가 보고 싶습니다. 다른 일을 하게 되더라도 또 유튜브의 형태가 아니더라도 글과 음악 속을 계속 탐험하며 살고 싶습니다. 겨울서점의 성장세가 영원하지는 않을 것입니다. 겨울서점은 이미 급격한 성장기를 지나 안정기에 접어든 것으로 보입니다. 여기까지 온 것도 기적인걸요. 겨울서점이 언젠가 문을 닫는 날이 오더라도 어떤 방식으로든 책과 삶에 대한 이야기를 이어 가고 싶습니다.

제 앞날에 대한 전망과 별개로 유튜브는 당분간 성장

세를 계속 이어갈 것입니다. 유튜브가 지금보다 더 커지고 커져서 스마트폰을 사용하는 인구 전체를 사용자로 만들려는 게 아닐까 싶을 때가 있습니다. 모든 사람이 유튜브의 세계에 들어오고 나면 모든 사람을 유튜버로 만들려고 하겠죠. 그 한계는 어디까지일까요. 유튜브의 서버는 어디까지 감당할 수 있을지, 사용자가 최대로 들어오고 나면 어떤 전략을 구사할지, 유튜브 영상의 피로감이 임계치에 다다르는 때가 오지는 않을지 궁금합니다. 저는 그 한계점이 꽤 빨리 다가오지 않을까 생각하지만 함부로 장담하지는 않겠습니다.

제게 앞으로의 목표를 묻는 분이 많습니다. 보통 인생의 비전이 뭐냐, 꿈이 뭐냐, 최종 목표가 뭐냐는 질문입니다. 저는 재미없게도 한결같이 없다고 답합니다. 정말로 없어서 그렇습니다. 저는 늘 그때그때 가능한 만큼의 삶을 꾸려 왔습니다. 그렇게 삶을 버틸 수 있었던 것이 저의 큰 복이라는 것을 압니다. 앞으로도 가능하다면 글과 음악 속에서 삶을 꾸리고 유지해 나가고 싶습니다. 제 삶을 성실히 책임지는 사람 그리고 사회에 해가 되지 않는 (가능하다면 보탬이 되는) 사람으로 살아가고 싶습니다.

구독자가 늘고 나니 모든 게 무서워졌어요

자주 은둔의 유혹에 시달립니다. 기나긴 생방송을 진행하며 필요 이상으로 저를 노출했다고 느낄 때면 으레 큰 서점에 갑니다. 사람들이 잘 보지 않는 서가와 서가 사이에 가만히 쪼그려 앉아 좋아하는 클래식 음악을 틀고 익명의 '독자 1'이 되어 책등 하나하나를 바라봅니다. 제목과 색, 저자, 출판사, 글자체를 한참 동안, 마치 교신이라도 하겠다는 듯이 뚫어져라 쳐다봅니다. 아주 오래도록, 천천히, 고요하게 서가와 서가 사이, 책과 책 사이로 숨습니다. 책에 둘러싸여 한없이 작아지기를 빕니다. 고개를 숙이고 아주 없는 사람이 되어 버리기를 기도합니다.

아주 가만히 있을 때조차도 세상을 향해 소리 지르고 있다는 느낌을 받습니다. 서가 사이에 숨을 때, 말없이 우산을 펼칠 때, 지하철의 인파 속을 떠밀려 다닐 때조차도 저의 책과 영상이 어딘가의 누구에게 최선을 다해 소리치고 있다고 느낍니다. 눈을 꼭 감아도 그런 환청은 사라지지 않습니다. 수백 개로 흩어진 저는 매 순간 온 힘을 다해 나를 알아 달라고, 내 말을 들어 달라고 말하고 있습니다.

세상에 내놓은 말이 많을수록 숨고 싶어지는 것은 저

의 기질 때문일까요. 사람들에게 알려진 사람이 된다는 건 꽤나 무서운 일이더군요. 특히나 유튜브는 솔직한 모습을 드러낼수록 사랑받는 곳입니다. 그건 양날의 검이죠. 드러내는 만큼 응원받고 드러내는 만큼 욕을 듣습니다. 그래서 이따금 유튜버는 연예인처럼 '나'라는 사람을 팔아서 돈을 버는 직업 같다는 느낌을 받곤 합니다. 연예인들이 '악플보다 무플이 무섭다'고 이야기할 때 그저 그러려니 했는데 이제는 왜 그런 이야기를 하는지 알 것 같습니다. 그렇다고 저에게 일부러 화제를 불러일으킬 만한 배포가 있지도 않습니다. 연예인들이 그렇게 큰 관심을 받으면서 일을 하는 모습이 대단해 보입니다. 나의 언행을 매주 수만 명의 사람이 보고 있고 그 수만 명의 사람이 또 수만 명의 사람에게 말을 전할 수 있음을 생각할 때면 아연합니다.

유튜브 인기 탭에는 종종 누군가의 사과 동영상이 올라와 있습니다. "죄송합니다"라는 제목과 함께 고개를 숙이고 있는 영상은 으레 순위에 오릅니다. 이 사람은 무슨 잘못을 했나 싶어 영상을 보는 사람도 많고 계속 들어와 댓글을 다는 사람도 많습니다. 그 무수한 댓글을 읽고 있으면 유튜버의 잘못과 별개로 조금 무서워질 때가 있습니다. 만약 이런 많은 비난 댓글을 받는다면 저는 정말 버틸 수 없을 것 같습니다. 당연히 영상을 올릴 때마다 늘 조심합니다만 사람 일은 모르는 거니까요.

혹시라도 제가 실수할 수도 있고요.

매 영상마다 구독자에게 일종의 평가를 받는다는 것도 큰 부담으로 다가올 때가 있습니다. 그래서 일부러 조회 수나 좋아요 수보다는 저 자신의 만족도를 더 중요하게 여기려고 하지만, 그 숫자들을 완전히 외면하기도 어렵습니다. 심한 슬럼프를 겪었을 때는 정말 일주일에 한 번씩 시험이 돌아오는 기분이었습니다. 다음 주에 또 시험이구나. 또 시험이구나. 이걸 언제까지 할 수 있을까. 거기다 유튜브에서는 자신을 솔직하게 드러내야 하니, 마치 매주 '김겨울이라는 사람'이 평가받는 기분이 들었습니다. 저를 싫어하는 사람들이 수군대는 이야기가 제 귀에까지 들어올 때면 그날은 온종일 우울이 가시질 않더군요.

그러다 맞이한 깨달음의 순간이 있었습니다. 저를 싫어하는 사람은 무슨 이유로든 저를 싫어한다는 걸 알게 된 시간이었습니다. 모두가 나를 좋아할 수는 없다는 가장 단순한 사실을 그제야 이해했고 그때부터는 마음을 놓았습니다. 제가 선행을 해도 욕을 할 사람에게 제 에너지를 쓰는 일은 그만하겠다는 생각이 들었습니다.

지금의 저는 '유튜버 김겨울'과 '인간 김겨울'을 분리해서 생각하려고 노력합니다. 그 사람들이 보는 내가 전부가 아니라는 것을 저는 잘 알고 있으니까요. 실제로도 저는 유튜브에 모든 것을 드러내지는 않으려고 노력합니다. 매주 영상을 올리는 대신 제가 읽는 모든 책을 공개하지는 않고 제가 하는 모든 활동을 공개하지도 않으려고 합니다. 그렇게 모든 걸 보여 주다간 저의 소중한 삶마저 익명의 누군가에게 평가의 대상이 된다는 걸 알게 된 후로 취한 조치입니다.

이제는 차라리 이런 작은 유명세를 통해서라도 사람들과 좋은 영향을 주고받고 싶다는 생각을 합니다. 제가 믿는 가치에 적어도 걸림돌이 되고 싶지는 않습니다. 사람들이 한 번 더 생각해 볼 수 있도록, 쉽게 판단을 내리고 편안한 생각을 택하기 이전에 질문을 던져 볼 수 있도록, 이야기를 나눠 보고 싶고 그 과정을 함께 해 보고 싶습니다. 저도 많이 부족하니 구독하는 분들의 도움도 받고 싶고요. 그렇게 삶에 대한 태도와 생각을 나누면 좋겠습니다. 그렇게 살다 정 힘들면 잠시 도망칠 수도 있을 거고요. 너무 진지하게 굴지는 않으려고 합니다.

구독자 수가 늘수록 무섭다는 건 어쩌면 유명세에 대한 부담감 때문만은 아닐 것입니다. 그건 삶으로부터 도망치고 싶다는 강렬한 바람이기도 합니다. 때로 너무 무거워서 어깨가 부서질 것 같아요. 그럼에도 불구하고 늘, 사는 것이 더 위대한 일임을 상기하며 어떻게든 버텨 보곤 합니다. 어찌 되었든 시간은 많은 것을 무마해 주니까요. 언제나, 늘, 무언가를 무마할 시간이 남아 있다는 것은 큰 위로가 됩니다. 저도 그런 축복 속에서 삶을 견디어 나가는 것입니다. 저도 제 자신에게 무엇이든 무마할 기회를 주려고 합니다. 혹시나 이 책을 읽고 유튜브를 시작하는 분이 있다면, 이 말이 용기가 되기를 빕니다.

유튜브로 책 권하는 법
: 보는 사람을 읽는 사람으로 변화시키는 일에 관하여

2019년 7월 24일 초판 1쇄 발행
2022년 3월 24일 초판 4쇄 발행

지은이
김겨울

펴낸이
조성웅

펴낸곳
도서출판 유유

등록
제406-2010-000032호(2010년 4월 2일)

주소
서울시 마포구 동교로15길 30, 3층 (우편번호 04003)

전화 02-3144-6869
팩스 0303-3444-4645
홈페이지 uupress.co.kr
전자우편 uupress@gmail.com

페이스북 www.facebook.com/uupress
트위터 www.twitter.com/uu_press
인스타그램 www.instagram.com/uupress

편집 사공영, 김은경
디자인 이기준
마케팅 황효선

제작 제이오
인쇄 (주)민언프린텍
제책 다온바인텍
물류 책과일터

ISBN 979-11-89683-15-3 04810
979-11-85152-36-3 (세트)